The Religion of Man

诺奖得主人文译丛

人格

THE RELIGION OF MAN

Rabindranath Tagore
[印]拉宾德拉纳特·泰戈尔◎著
蒋立珠◎译

The religion of man

北京时代华文书局

永恒的“梦”

诞生于无穷无尽“光”的双翅之上

它剥掉模糊的面纱

穿越“时间”

不停地编织“存在”之图案。

其神秘从不言说，

这一朝圣的意义，

永远地探寻存在——

它急急匆匆沿着长空

闪烁进无数环状物构成的路途，

在人的精神的无限中

直到最后的黄昏中闪烁出知识，

在破晓时暗弱的光中

它无言地透过迷雾的间隙

从巨大痛苦的喧嚣和快乐的热闹中

见到“生命”和“爱”的景象。

于桑蒂尼盖登[①]

1929.9.16

（为庆祝法国蒙彼利埃大学印度学院成立而作）

---

① 印度西孟加拉邦的一个小镇，位于加尔各答以北180公里处。泰戈尔一手创建的维斯瓦·巴拉蒂大学就位于此地。

目　录

第一章　人的宇宙

光，作为创造的辐射能，在微茫的天宇中启动了它那跳动着的原子圈舞，也在浩瀚、寂寞的时空剧场里跳起星辰的舞蹈。行星从火的沐浴中跳出，久远于太阳之光的曝晒。它们是巨大的“惰性物质”的王座，呈现出静默、荒凉，不知道自己茫然命运的意义为何，虽然肃然地注视着未来，却不知自己的王国将受到威胁。

不知多久，生命乘着细胞的微小独轮车，进入了宇宙这一竞技场。它以自己的生长天赋和适应能力，直面笨重庞大的万物，藐视它们那毫无意义的巨大物体。生命并不在意存在之数量，却注重存在之价值，且在创造的诸多途径中，它一直努力提高并保持这一价值，遵从自然规律而不是被自然惯性所阻碍。

然而，创造的奇迹并没有止于仅限孤立微粒的生命，走向“未知”的寂寞旅途。相反，大量的细胞不是通过简单的聚合，而是通过复杂的、能使各种功能完美合一的相互联系，这样一种不可思议的特质，结合在一起，形成较大的单元。这便是创造的合一原理，即神的奥秘的存在，难以对它进行分析。这些较大的合作单元，能够拥有充分表达自我表现的更大的能力，而且能够形成并发育新的力量器官，新的有效性工具。这便是曾经展现的生命的各种潜力的进化过程。

未曾料想，这一物质层面上的持续进化，有其自身范围的限制。物质这一方向所有的过度进化，都会成为一种重负，进而打破了生命的自然进化的节奏；那些任自己的躯体随心所欲增长的动物，由于体态笨重到了荒诞的程度，已经几乎全部灭绝。

在生命进化这一阶段结束之前，“人”出现并扭转了进化的方向，使之从肉体的无限扩张，转为走向较为精妙完美的自由之路。这就促成人类的发展进步，有可能是无限的，并使得人类能够认识到，自己的力量是无穷的。

炉火在燃烧，锤子在挥动，日日夜夜，在伴随着灰尘和喧嚣的辛苦劳作中，乐器被制作了出来。我们姑且将此作为一个孤立的事实来接受，看一下它的演化进程。当乐器被演奏时，我们知道，我们听到的整体虽然互相抵触，但依旧是音乐表达的一部分。在经历许多年代后，进化过程终于进入人类时代后，且必须与人类合为一体才能实现完成；不过，它在人类身上以新的价值体现，走上一条与以往颇不相同的路程。这是只有在

“人”身上才能发现其意义的持续过程。而且我们必须承认，科学意义上的进化，是“人”的宇宙进化。书的封面与书名页，都是书本身的组成部分；我们通过自己的感官和心灵，以及人生经验予以感知的这个世界，与我们的自身深刻地合为一体。

神的合一原理，从来都是一种内在的、相互关联的原理。这在地球上多细胞生物进化的最早期阶段，就已经显现出来。人类在自己的肉体之中，已经实现了最为完美的内在表现。然而，最为重要的事实是，人类在自己物质身体之外的一种更为微妙的实体中，也实现了这一点。他在孤立时失去自我；他在广泛的人际关系中找到自己的更为博大、也更为真实的自我。他多细胞的肉体既诞生也死亡；他多品格的人性却是永存的。在这合一的理想中，他认识到自己生命的永恒和爱的无限。合一不是一个单纯的主观想法，而且是一条活力不尽的真理。无论赋予合一什么名称，无论合一以什么形式出现，对于它的意识都是精神性的，而我们努力使之变得真实的，正是我们的宗教。宗教一直在等待着，以愈益完美的光辉，在我们的历史中显现出来。

我们都有眼睛，从而使物质世界的景象与我们相联系。我们还有一种属于我们自己的内在能力，帮助我们发现我们与人类最高自我的关系，也就是我们与人格宇宙的关系。这种能力人类的无与伦比之处是其意识的发展，它逐渐加深并拓宽人对自己的不朽存在、完美和永恒的认识。

What is unique in man is the development of his consciousness which gradually deepens and widens the realization of his immortal being, the perfect, the eternal.

就是我们熠熠生辉的想象力，这种属于较高阶段的想象力为人类所特有。想象力赋予我们洞察整体的能力，这种能力对于生物的肉体生存而言，未免多余，但想象力能够在我们心中唤醒出一种完美感，这才是我们的永生之感。因为在理念上，完美只存在于“永生之人”当中，它激励人们热爱这一理想，促使他愈来愈渴望去实现它。

就生存目的而言，智力和体力的发育，对于动物和人类是同等必要的；然而，人类的无与伦比之处是其意识的发展，它逐渐加深并拓宽人对自己的不朽存在、完美和永恒的认识。意识激发出人类的各种创造活动，显现出人身上的神性——即他的人性——体现在对真善美的丰富多彩中，体现在并非为了人类的实用目的、而是为了人类的终极表现而从事的活动的自由中。个人必须为“伟人”存在，而且必须在非功利性的作品中，在科学和哲学中，在文学和艺术中，在仪式和礼拜中表现他自己。这便是人的宗教，它在人的具有不同名义和形式的所有信仰中发挥核心作用。他了解并利用这一世界，因其无穷无尽，才实现自己的伟大；他认识到自己的真实，因其处于完美之境，才能从中得到自己的满足。

我们的神的人性，或“永生之人”的神性，是本书的主旨。这种神的观念，不是通过哲学的思考过程在我的大脑中推理出来；相反，它从早年就一直存在于我的气质或性情之中，终于在突然之间以一幕直接的幻象闪现在我的意识之中。我在本书后面的一章中描绘的这次体验使我深信，在我们的生命存在的表面，我们的个体自我总是处在永远流转变幻的各个阶段，但在我们的内心深处，存在着人类合一的“永恒精神”，难以被我们直接认识。这种永恒精神，往往与我们日常生活中的琐碎事情相左，并冲破我们个人的行为习惯和肤浅的行为准则的壁垒，推翻了保证我们个人的独享特性。它激励我们创作出表现“宇宙精神”的作品；它在以自我为中心的生活中呼唤出一种至高奉献。在它的感召之下，我们赶紧将我们的生命献给真与美的事业，献给不求他人回报的服务，尽管我们实在是对理想的价值观念的“绝对实在”缺乏信心。

在论述我的宗教体验时，我已经表达了自己的信念：我认识的第一阶段，是由于我对大自然亲密无间的感觉而实现的——这个大自然，并不是对我们的心灵开启其信息渠道、并与我们活生生的肉体有着物质关联的那个大自然，而是以各种表现满足我们人格需要的那个大自然。这些表现以其多样的形式、颜色、声音和运动的和谐，使我们的生活丰富多彩，激发我们的想象力。它不是那个在给科学提供证据之后化作各种抽象符号的世界，而是那个对我们的个体自我慷慨地展示自己的现实财富的世界，它对我们的人性具有永恒的作用。

我已经提到过一些与我个人的宗教体验有关的歌曲，这是我过去常常从到处漫游的乡村歌手们那里听到的，他们属于孟加拉的一个民间教派，被称为巴乌尔。他们没有偶像、寺庙、经文或仪式，他们在自己的歌中宣扬“人”的神性，并表现出对他的一种强烈的爱。这种感情出自一些思想单纯并在默默无闻中过着质朴生活的人们，因而给我们提供了一条了解所有宗教的内在意义的线索。它向我们暗示，这些宗教从来就与具有宇宙力量的神无关，而是与具有人格的神有关。

同时，还必须承认，即使是科学涉及的真理的非人格方面，也属于人的宇宙。然而，科学家告诉我们，真，不同于美和善，是独立于我们意识之外的。他们向我们解释，为什么“‘真’独立于我们的心灵之外”这一信念，是一种神秘的信念，为什么它对于人类既是显然的，但同时又是不可言喻的。然而，我们或许可以这样解释：理想的真虽不依赖人类个体的心灵，但却依赖将个人心灵包容在内的宇宙心灵。在我们看来，断言“真”存在于人性之外，实在是与科学本身相悖，因为科学只能将人类所能认识和理解的那些事实归纳为合理的概念，而逻辑则是机械论者创造的一种思维工具。

我现在正在使用的这张桌子，具有各种不同的含义，但对于凭借自己的特殊感觉器官和思维器官来判断的人来说，它只显现为一张桌子。当对同一张桌子进行过科学的分析后，它就对人呈现出与他的感官判断大不相同的外观。人的肉体感官所提供的证据，以及他的逻辑和科学工具所提供的证据，均与他自己的理解力有关；两者都是真实的，而且对于他来说也是真实的。他满怀信心地利用这张桌子，使之服务于自己的各种物质目的，并同样满怀信心、理智地利用这张桌子，使其为自己的科学认识服务。然而，这种认识是他作为一个人的认识。倘若某个作为个体的、特定的人不存在了，这张桌子依然会存在，但仍旧是作为一个与人的心灵有关的事物而存在。在我们感性知觉的桌子、与我们科学认识的桌子之间存在的矛盾，可以在人格的“共同的协调中心”化解。

同样的道理也适用于概念领域。在对世界的科学概念中，通常的因果律无懈可击。正在发生的事，绝不能以其他的方式发生。这是一条通则，是人的心灵所拥有的逻辑特质才使之成为可能。然而，这一人的心灵，在人自身的内部有着直接感觉到的意识，它意识到了心灵的自由，并一直争取着这种自由。每天，我们在自己的大多数行为中，都承认科学的真理性。事实上，我们的行为只有在与真理相关时才具有最高价值。因此，我们就可以把日常行为的态度比拟为对待一张桌子的态度。无论科学已经无可争议地证明了的、有关那张桌子的结论是什么，只要我们将它看作是一个实物，而不是将它当作一批代表某种能量的液态元素，我们就算是得到了丰厚的奖赏。我们还可以继续利用测量这一现象。针尖面积大小的空间被显微镜放大时，可能不会让我们对针尖般的大小面积究竟能容纳多少天使，或针眼究竟能穿过几峰骆驼，产生焦虑。在一部电影中，仅靠运用器械的不同技巧，我们对时空的视觉就可以被扩展或缩小。小小花坛里的一粒种子，它的时空含量不可限量。真理，即人，不会在某一时间点凭空跳出，即使表面上它似乎可以显现出来的。然而，人的显现，其本身并没有终点——甚至现在也没有到达终点。它也不以我们认可的任何特定时间为自己的起点。“人”的真理在于留存于“永恒”的心中，这一事实穿越了无穷世代的演变。假使人的显现有一个数万计光年的遥远背景，它也还是人自己的背景。他的变化过程只发生在时间范畴之内，无论他将时间囊括在自身之中多久，他都由于自己的存在这一事实与他周围的所有事物发生联系。

联系是这个现象世界的基本特性。我们可以以一块煤为例子加以说明。在我们探求煤的终极成分构成之时，似乎最稳定的元素物质，却在旋转力构成的舞台中心消失了。它们便是被称为碳元素的单元，进而可以将它们分解为一定数量的质子与电子。然而，这些电学事实就是这样的：它们不能各自孤立，只能相互联系，尽管有朝一日它们还可能被进一步分解，可显现在它们身上的相互联系这一普遍真理将依旧存在。

我们不知道，这些碳元素是如何构成一块煤的；我们所能说的就是，它们将彼此的内在相互关系合为一体形成这般形态。这种相互关系的合一，不仅将它们聚合成为一块独立的煤，而且使它们与整个物质世界结成一种具有创造性的相互协调的情谊。

单元持续不断地将自我奉献给宇宙，创造才成为可能。“人”的精神宇宙，也一直要求个人摒弃自我。这一精神过程，并不像物质世界中发生物质过程那样容易，因为个人的智力和意志，必须与宇宙精神的智力和意志相融合。

《奥义书》中有诗云，这一完全处于运动中的世界，弥散着一种“至高合一”，所以真正的享乐，绝不能通过满足贪欲得到，而只能通过将我们的个体自我献给“宇宙自我”获得。

有些思想家宣扬世界多元的学说，这只能意味着它们属于各自绝对相互无关的世界。即便这是真实的，也绝不可能得到证明。因为我们的宇宙，是“人”凭借感觉、知识、想象和推理来断定的，还包括他现在或将来可认识的一切总和。宇宙以自身的不同方面，以自身的美，以自身的一系列无可避免发生进步意味着存在一种理想的完美境界，个人可以试图通过扩展自己的知识、能力、爱、享乐来达到这一境界。

For progress means that there is an ideal perfection which the individual seeks to reach by extending his limits in knowledge, power, love and enjoyment.

的事，以及自己的潜能，对他施加不同的影响。相反，世界却只能通过各种影响作用于人的感官、想象力和推理的头脑，向他证明自己。

我并不是暗示说，世界的最终性质取决于个人的理解。它的实在，与具有宇宙的人的心灵相关，包含着所有的时间以及所有可能被认知的事物。科学体现着作为一个整体存在的人的理性的头脑，而个人生活在有限的时空和直接生活必需品的范围之内。这正是我们为什么依靠科学而不是依靠个人的头脑，来获得对万事万物的精确知识的原因。同样，这也正是为什么在我们的文明中会有进步这件事；进步意味着存在一种理想的完美境界，个人可以试图通过扩展自己的知识、能力、爱、享乐来达到这一境界，从而接近作为一个具有普遍共性的人。最遥远的星辰的微弱信息被最强大的望远镜镜头所捕捉到，它们与人们善于理解的心灵相感应，因此我们绝不会停止，反而愈益深入地要探索它们具有何种性质的奥秘。正如我们了解诸多星辰的真相，我们也了解人类博大的、包容一切的心灵。

我们不但应当认识逻辑推理的心灵，而且还应当认识于“至高无上的原人”的创造性的想象、爱和智慧。他的“精神”覆盖我们所有的人，我们对他有爱，是因为他对众生有爱，在深度和力度上超过所有其他各种各样的爱，导致我们只能艰苦努力，慷慨殉难，因为除了满足这种爱本身之外我们别无所得。

我们的《奥义书》[1]中的伊莎，即渗透在所有运动着的事物之中的最高灵魂，是我们人类世界的神。我们通过自己的所有真知、爱和奉献显现他的心灵，通过弃绝自我在我们身上显现出他来，正是人生的最高目的。

① 编者注：婆罗门教的经典之一，也是印度最经典的古老哲学著作。

第二章　创造的精神

有一次，一个儿童即兴编了一个故事，而我恰好被巧言充当了故事中的男主人公。这个孩子想象我被关在一间外面上了锁的暗室之内。她向我提问道：“为了获得自由你会怎样做？”我回答说：“大声喊叫。”可是，不管自由多么令人心驰神往，倘若立即获得自由的话，那对这个故事来说则未免有些遗憾。因此，在她的想象中，她必须阻止那些可能听到我的喊叫的邻里所提供的一切帮助。而我，也得想出一些远非被动抵抗的强力手段才行。然而，为了故事本身的趣味性，门必须是钢制的。于是，我说我找到一把钥匙，但它不是这把门锁的，而孩子则对故事的发展能够跳脱诸多障碍而变得非常开心。

“生命”进化的故事，似乎也以同样的方式展开，其总的主题就是打开黑暗的地牢之门。各种困难是被创造出来的，每给出一个解决方案，故事就得进一步设置新的障碍，以便继续冒险。要得出绝对圆满的结论，就意味着一切事物的终结。果真如此的话，那位可爱的女孩子就会无所事事，只能拉上窗帘睡觉了。

“生命精神”以简单的、活生生的细胞，向大量的“惰性物质”发出非常强悍的挑战，从而展开她的故事篇章。这场胜利是动人心魄的伟大，但却拒绝透露胜利的秘密。她并没有就此止步，而是睥睨一切地迎击困难，并以自己的艺术技巧，运用一种至今依然让我们的逻辑困惑不解的要素，来解决问题。

这是通过自我调节相互关系而形成的和谐，只是不可能对此做出详解。她将许多细胞单元密集地聚合在一起，通过将它们组合成一个自我维系的合作球体，从而精制成一个较大的单元。这不仅仅是团块。这一组合在功能划分方面既体现种姓制度，又保持亲密关系的统一。具有创造性的生命，将一支更大的细胞军团集结在自己的麾下，赋予它们一种类似的集体精神，以便在自身的完整受到威胁之时，可以全力以赴地战斗。

这便是有着生命的内在和谐与内在运动的树，它体现在自身的美中，自身的力量中，自身的坚韧不拔的尊严中，以及它穿越重重窄小再生之门拜谒“未知”的旅程中。这已是一项十分不可思议的成就，足以成为创造性冒险的一个恰当的终点。然而，这个创造力的天才不能就此力竭停歇，她必须要打开更多的窗口；她改变自己习以为常的路径，将另一因素，也就是运动，纳入自己的工作之中。生存的风险增加了，“生命精神”

却因此被提供了诸多机会以展现自己英勇无畏的雄才伟略。她似乎沉迷于与巨大的“物质”进行战斗的情形当中，而后者对于所有来自“生命”海岸的新客人，均实行严格的禁止入境的移民法。因此，鱼类发育其各种器官装置，能够在一种以自己的密度形成障碍的要素中运动。空气则以重量之轻构成一种更难逾越的障碍；然而，“生命精神”接受了这一挑战，鸟类被赋予绝妙的双翼，从而顺应空气的微妙规律，并发现空气是一个比坚实大地上可靠的土壤更好的助手。北极的冰雪竖立起自己严寒的哨兵；热带沙漠以自己灼热的气息，对生命的所有子女大喝一声：“不得越界。”然而，这些专横的禁令遭到蔑视，生命胜利地越过了由死刑扼守的疆界。

这个征服过程可以说是生命王国的进步。它借助于新工具的发明，驾驭自然规律，从一项成功走向另一项成功。生命向前进军的这一领域，是一个无情的竞争领域。因为物质世界是数量的世界，资源有限，而胜利又只属于武器装备精良者，因此，一个种群在进化道路上的成功，往往伴随着另一个种群的失败。

许多小斗士之间为了获得生存机会而进行的这种争夺和厮杀，最终似乎暗示，庞大的血肉之躯——由肌肉和骨骼、厚重的铠甲以及粗大的尾巴组成的巨大体系，将要称霸。这种有失优雅地推崇庞大之躯的想法，在生命之神那里很是自然而然，因为在数量世界里，胜利似乎也合情合理地取决于体型的魁伟。然而，这样庞大的防卫与进攻装备，却以一场完全的失败告终。关于这方面的记录，每天都从荒凉的沙漠和古代的淤泥中被挖掘出来。它们是撒满在生存斗争中一次大溃退的道路上的残骸，而这些路径现在已被人遗忘。这些生物承受的重负，主要是由没有生命的骨骼、皮肤、甲壳、牙齿和脚爪构成，从而将巨大的压力，全都强加在需要自由和发展来完美地表现自己的重要属性的生命上。地球向自己的儿女提供的生存资源，被这些不可一世的怪兽肆无忌惮地消耗掉，它们的食欲毫无节制，为的就是维持由一个毫无生命重负构成的笨重体系，因而阻碍了它们走向真正的进步。这样一场失败的游戏，现在已经沦为陈迹。在我们的地球上，那一族怪兽中的少数离群者，例如犀牛或河马，仅被分配了一块很小的空间，这与它们那巨大的膂力和庞大的身躯极不相称，它们自身的不相协调达到了顶点，显现出一片凄凉的惨象。这些动物和它们灭绝了的先辈，已经成为生命实验中的最大败笔。后来，在黎明到来之前的某个幽暗的黄昏，生命实验进入了一个解除武装的全新阶段。在这一时期，矮小的人类出现在这一竞技场上，身怀无限远大的期望和想象。

我们应该知道，世界的进化过程，已经发展到了展现进化之“真理”的境地——这里所说的真理，即某种内在的价值，并不在于空间的延伸和时间的持久。生命诞生之时，并没有携带任何新的物质连同自己一道问世。它的成分，与构成岩石和矿物的各种物质成分无甚区别。只是生命使这些成分，进化出一种不能予以测量和分析的价值。心灵和自我意识的情况同样如此；它们是具有非凡意义的展现，是真理的自身表现。在人身上，这一真理已经积极地呈现出来，并且正全力以赴地使自己的显现变得更加清纯。永恒，正在逾越诸多极限的障碍，在历史中实现着自我。

生命进化旅途中的生理过程，似乎已经在人身上达到其终点。我们很难想象，在我们可能同意保留下来的重要器官中，还需要显著地增加或减少什么。倘若某个人生来就碰巧多长出一双眼睛或一对耳朵，或有着若干就像不期而至的、没有护照的偷渡者才长出的肢体，我们肯定会竭尽全力将它们从我们的机体组织中清除。任何过于明显的身体变异的新机会，肯定会遭遇到人的坚决反对，其中最强有力的否决来自他的审美天性，即在自己的尊严受到任何猝然而至的冒犯时，这一天性断然拒绝有利可图。我们都知道，我们的后背有一个实际上毫无防备的表面。从战略的观点看，这一疏忽是令人不幸的，倘若发生令人讨厌的侵袭，即使不出现更糟糕的情况，也会给我们造成烦恼和羞辱。这就可能为我们由于失去原有的那条尾巴而在内心惋惜提供合理的辩护——我们现在依旧不由自主地暗自保持对尾巴的记忆。然而，在这一方面，任何纠正这一简约政策的企图，都会引起义愤填膺。我坚信，关于鬼魂的观念，很可能与我们对自己的敏感的后背——一片蒙昧的旷野——产生的怯懦想象有关。现在，如果我暗示说，我们本来可以将我们的双目之一，合算地匀给我们的用以负重的后背——我们那遭到极不公正忽视并被各种莫名恐惧纠缠的后背，已然为时太晚了。

因此，在所有的革新均受到顽固反对的同时，存在着对人体生理功能比较漫不经心的种种迹象。我们的一些器官正在失去它们原有的活力。在围墙之内的文明生活，已经自然而然地造成了人的视听能力以及对远方事物的敏锐感觉的弱化。由于我们享用烹调食物的习惯，我们对牙齿的使用减少了，但对牙医的光顾却增多了。我们的皮肤，在衣服的包裹下变得十分柔弱，因而在适应气温变化以及迅速恢复创伤方面显得无能为力。

在人到来之前，喜欢冒险的“生命”就已暂停于自己前进道路的一个十字路口上。她好像已经认识到，继续在身体层面进行自己的实验和增加自己的革新只是枉然。已经证明，“生命”的实际情形是，四并非总是二的两倍。在生物中，有必要坚守完美单元的界限，而在单元之内的相互关系绝不能过度紧在数量肆无忌惮地压倒质量时，存在于和谐的内在质量之中的完美就会窒息。

For that perfection which is the inner quality of harmony becomes choked when quantity overwhelms it in a fury extravagance.

张。通过增加块头以谋求力量的野心注定要失败；在数量肆无忌惮地压倒质量时，存在于和谐的内在质量之中的完美就会窒息。悬在大象前面的过长的鼻子，兼有手臂的功能，自然有其长处。这可能会引发我们遐想：倘若这种动物的尾巴也能够生长为一条长鼻，它的优势就会倍增。然而，贪婪地允许“生命”的旷野挤满各种生产过度的器具的进化，成为一种走向死亡的进化。“生命”有其自身的自然节奏，而乘法表则没有；那种对“生命”节奏恣意妄为的、傲慢的进化，最终以诸多毫无韵律的累赘反而将生命扼杀。正如我已经提到过的那样，这样的灾难在进化史上确实曾经发生过。

进化史上那悲剧性的一章的教训是：倘若尾巴无自知之明，不知道适可而止，这一附属物的拖累，就成了对肉体帝国的致命威胁。

此外，在身体层面发育的进化过程中，最终往往使进化的对象生长为专化物种。骆驼是沙漠的专化物种，到了沼泽就不再灵活。同样，尼罗河泥地中的河马，到了毗邻的沙漠中则徒唤奈何。这种身体片面化地强化发育的、在“生命”范畴出现具有娴熟的、专门技艺的物种，只能局限于狭隘的领域。天空中的专家，非鸟类莫属；海洋里的生灵，则为鱼类所统领。鸵鸟是自己所在地域的专家，但到了鹰的领域区就显得绝顶愚蠢。

它们只能永远满足极度依附于自己所处境域的优势。为了追求某种独享的特权优势，对理想的生命状态的伤害是不可避免的；这种形式的进化只涉及物质层面，因而必然是有所局限的。

将自己的事业从僵死的东西成倍增长造成的重负以及从专门化的约束中拯救出来，似乎已经成为“生命精神”特定阶段的一个目标。可不久就会发现，实质上注重质量的“生命”，由于对数量无限的追求，会使自己深陷错综复杂的网络之中，并导致恶性循环。这些生长出庞大血肉之躯的原始动物，不得不发育承载重负的巨大的骨骼系统。这就又反过来要求它们长出长而结实的尾巴以保持平衡。于是，它们的躯体由于被迫占据广大的空间，将大面积的身体表面暴露在外，因而不得不披挂上一副坚硬、沉重而又宽大的铠甲借以自卫。一堆僵死材料的进化，要求同样僵死的齿与爪或角与蹄具有相应的组织结构。

一种机械重负，以自己的方式将自己与别的机械重负相连接，于是“生命”就发展成为一个僵死物质的载体，一个纯粹的机械平台，直至它被自己无休止的自相矛盾压碎致死。我们听说，一株树的大部分，是由无生命的物质构成的；除了一层薄薄的表皮之外，硕大的主干是没有生命的。树木为了自己获取高位的野心，将无生命的物质用作支柱，没有生命的木料于是成了背负巨树的奴隶。然而，这种对无生命物质的依赖，是树木以失去自己的真正自由为代价获得的。它必须寻求与大地的稳定联盟，以分担自己的重负；它在地下滋生的根须的帮助下做到了这一点，从而使自己永远固定下来。

然而，寻求运动这一不同寻常特权的生命形式，必须将自己的由无生命物质构成的重负减少到最低限度，必须认识到生命进化应当是内在生命本身的完美进化，而不是材料和机械的圆满进步；无生命者不能持续过度生长超越有生命者，铠甲能导致皮肤死亡，武器能造成臂膀残废。

最后，当“生命精神”在“人”身上找到自己的形式时，她开始进行的那场努力算是完成了自己的周期；她的使命蕴涵的真理闪烁出光芒，形成种种方案，朦胧地指向她疆界之外的某个具有重要意义的方向。在到达这一周期的终点之前，所有的方案均为外在的。它们与技术、生命的装备、器官的功能有关。这一周期可能已经使自身陷入一种没完没了的物质进化的乏味境地。不得不承认，许多小眼面组成的蜂眼，可能具有某种我们甚至无法想象的、非同寻常的长处；身体发光的萤火虫可能使我们疑惑不解。很可能存在着一些生物，它们拥有某些赋予它们特别感觉能力的器官，对此我们反倒无从猜测。

拥有这些提高了的感觉能力，只不过增加了生命之旅在同一条道路上的里程，延长了一段本无定数的距离。它们从未使我们逾越物质存在的界限。

我们不但可以对生命的效率这样说，而且也可以对生命的装饰如是说。某些深海生物身上的颜色和装饰图案，让我们惊讶得哑口无言。蝴蝶的翅膀、甲虫的后背、孔雀的羽毛、贝类动物的甲壳、植物繁茂突现的装饰，均已达到了似乎登峰造极的完美。然而，如果它继续沿着同一的物质化方向发展，那么，无论它还可以产生多少卓越得令人惊叹的变种，它还是遗漏了某种具有不言而喻的重大意义的一面。它们如同滥用在一个被人奴役的女郎身上的饰物，虽然应有尽有，却被限制在狭小的范围，因而流露出对远在天边、被解放曙光的思念，以及对感官范围以外的内在蕴涵的眷恋。物质领域的自由，恰似笼中受限的自由，它产生一种机械性的熟练和一种表面的美。无论身体的力量与技巧增进到什么程度，它们依然使生命受到积习的束缚。这时，生命变成封闭的，如同一块铸铁，尽管它对于安全和精确的标准化生产可能十分有用。许多世纪以来，蜜蜂一直在重复制造自己的巢，织布鸟一直在重复制造自己的窝，蜘蛛一直在重复制造自己的网；诸多本能顽强地固守肌肉和神经的某些一成不变的倾向，从未让自己有铸成大错的机会。为了全然可靠，身体功能就像驯良听话、循规蹈矩地死记硬背功课的模范学童一样，行为举止既不淘气也无可指摘，但却没有了锐气和进取精神。这是严格意义内的毫无瑕疵的完美，堪称无生命生物的堂弟，还可能是一个远房堂弟。

“生命精神”并没有停留在臻于鼎盛的完美天堂，继续其无懈可击、中规中矩但却无精打采且怯懦的统治，而是大胆地宣告进一步的自由，并决定尝试知识之树之果。这一次，她的斗争不是针对惰性物质，而是针对她自己那些负重过度的肢体的局限性。她向自己那谨慎年迈的首相，即忠贞不贰的“本能”监护行为进行斗争。她采用了一种新颖的实验方法，颁布了新的律法，试图通过一部与以前发生过的一切迥然不同的历史造“人”。她大胆迈进一步，向一个危险的爆炸性因素——精神要素——断然敞开自己的大门，将它小心翼翼地引进自己的议事厅。我不能说精神一直不曾存在，然而只是到了某一阶段，帷幕被拉开之时，它的作用才彰显出来。甚至就像暗热一样，只有炽热积蓄到一定的强烈程度，才会在辐射的矛盾中显现。

“心灵”，犹如生命本身，实质上是质量的，因而并不占据空间。正是由于这一原因，它对空间的掌控无边无际。同样，和“生命”一样，“心灵”在拥有自由时才有意义，而它最初与“生命”的子女交往时却没有这种自由。在动物界，虽然“心灵”可以跳出生存的临近范围，但它的领域是有限的，就像一个可以跑出自己的房间，但却无法奔出自己宅第的孩子所拥有的自由；或者更确切地说，就有如抵达日本的外国船，它们只能进入日本对外开放的指定港口而不能任意停靠，因为日本与西方接触的当初，惧怕陌生人有了获得不受控制交通的机会并由此可能引发随时降临的任何危险。对于“生命”而言，“心灵”也是一个外来成分，但它的法则是不同的，它的武器是强大的，它的情绪和风格是异样的。

就像闪米特人[①]神话中的人物夏娃一样，“生命精神”冒着失去自己平静自有之幸福的风险，为的就是赢取自己的自由。她听从了一个诱惑者的耳语，许诺她有权进入一个新的神秘领域，并敦促她与陌生人结成永久的同盟。至此，生命利益是她自己王国里的唯一利益，但随着“心灵”这位来自一个未知海岸的冒险者的到来，产生了另外一种强大到足以平分秋色的利益。生命与“心灵”的利益发生冲突，性质严重的混乱出现了。我已经提到过，人的一些重要器官正遭到忽视。唯一的原因是，“心灵”打破了“生命”诸多功能在她无可争议的君主权的太平时代的独享，从而造成了利益转向。事实上，为了表达对生命生存意志的反抗并迫使她做出牺牲，“心灵”有些一意孤行。最

① 编者注：又称闪族人，亦称“塞姆人”。这个名字出自《旧约全书·创世纪》所载传说。

近，一些冒险家接受了攀登珠穆朗玛峰的危险计划，仅仅就是由于受到了叛逆之首——“心灵”的煽动。这种情况下，“心灵”否定了与自己伙伴的合作条约，无视“生命”求生呼救的呐喊。“生命”，这古老君权不计其数的特权，常常受到倨傲无礼的“心灵”的藐视。事实上，在这一联盟存在的全过程中，相互干涉对方功能的例子层出不穷，往往造成令人不快乃至致命的后果。然而，尽管如此，或者每每由于这种对抗，人进化的新潮流给自己的港湾带来了一笔财富，是长着巨大血肉之躯的动物绝对想象不到的。

“人”在生命王国中出现，其方式本身就是一种抗议与挑战，那种凡夫向巨人的挑战。人的身体携带着一份怀疑宣言，不信任那些充斥着物质进化的沉重工具。人的“心灵”对赤裸的人说道：“不要恐惧”；他独自挺立，直面一个由恐怖的肌肉团组成的军事威胁。他自己的小肌肉群绝望地大叫，他必须以一种新的方式、以一种新的进化精神亲自发明创造。于是，他立即摆脱了动物的被动命运，将自己升为“人”——这一贵族地位。他开始进一步创造自己的躯体，也就是外在器官——为他服役而不直接分享他生命的工具。弓与箭是他的创造物名单上两种最早的工具。倘若这一变化由肉体的进化过程承担完成，以一种缓慢渐进的方式来调整人的臂膀，那么就可能造成累赘而难看的人体器官的出现。然而，我依然可能有失偏颇，因为“生命”的技术本能所具备的灵巧和优雅，可能将人的臂膀变成一种具有完美举止和优美样式的射击工具。倘若如此，我们今天的抒情文学就会歌颂它的魅力，这不但是缘于一种捕获猎物的完满技巧，而且还是由于一种类似隐喻意义上的恶作剧。然而，即使抒情诗歌功颂德之时，也会暴露出某些局限性。例如，专事射击的臂膀在挥洒墨笔或调弦奏琴时会显得笨拙不已。但是，人最晚的进化方法的巨大优点在于这一事实：“人”新增添的肢体，比如弓和箭，已经与人体分离。进化绝不让人的臂膀与任何专属效能优势相结合。

象牙、虎爪、鼹鼠的爪子，它们的长处已经结合起来，颇为优异地体现在人的臂膀上。比起我已提到过的那些动物的肢体，人的臂膀的原始能力要微弱得多。如果出于某种对生物发明创造的过度热情，从而将动物肢体结合起来同时移到人的身体上，那该行为就会成为一个极为笨拙的恶作剧。

进化新方案第一个巨大的节约成果是肉体负担的减轻，这就意味着，人体的重要资源可以在最小的税赋压力下取得最大的效益。新方案的另一项布施恩惠的使命是，它在“人”的身上解除了“生命精神”的负担，使她不必为了获得有限的成功而重蹈覆辙地走专化的道路。这就激励“人”梦想着把鱼、鸟以及腿脚敏捷的陆地动物的能力集于他一人之身。“人”确实渴望成为多种形式的生命的唯一伟大代表，但这一目标并不是要通过乏味的受制于自然选择的随意摸索来达到，而是要借助自己的理性精神有目的地选择各种机会来实现。一个学童在过生日时得到一把削铅笔刀作礼物，便有了超越老虎的优势，因为事实上他并不需要花费一百万年之久才获得这把削铅笔刀，而且在这一工具被证明并非必要或存在危险时，他也并不需要再花费一百万年将它丢弃。为了获得钢制之爪，人的智能已经将许多世代压缩成数年。唯一令人忧虑的情形是，这一工具和使用这一工具的人的气质，可能难以保持步调完全和谐。以虎而言，虎爪和只有虎才具有的气质相配，才能获得同步发展；任何一只虎都不可能让自己的利爪和自己的虎性相互失调。然而，生长出削铅笔刀模样利爪的少年，却可能不会同时形成只有成人才具有的、使用削铅笔刀所应有的恰当气质。今天，作为补充而增添到“人”原有的重要资本中的这些新器官，来势过于迅猛，数量过于众多，以致人的内在天性不能在同一时期与它们达到和谐一致。因此，我们在人类社会中随处都能看到：无数学童凭借刚获得的、还没有来得及通人性的削铅笔刀，对自己以及他人的生命和福祉开玩笑。

我确信，有件事一定已经引起了注意——戏剧的原有情节正是“人”对自己的创造性人格的意识，迎来了生命王国的新王朝。

It is the consciousness in Man of his own creative personality which has ushered in this new regime in Life's kingdom.

已被改变，“生命精神”这位母亲已经隐身于背景之中，使得“人的精神”在剧中的第三幕完全处于显现位置——不过，王太后依然从幕后给予必要的帮助。正是“人”对自己的创造性人格的意识，迎来了生命王国的新王朝。从此刻起，“人”的诸多努力完全旨在夺取政权，并使自己的法典持续不断地广泛运用。我们在印度看到的被称为神秘主义者的人们，由于按捺不住自然母亲对他们肉体旷日持久的摄政统治，通过聚集内在的力量赢得了一些满足自己心愿的重要领域，而我们所谓的聪明头脑却没有通往这些领域的径直交通路线。

尽管如此，随着我们的进化方向发生改变而彰显的最重要的事实，是我们拥有了精神，它拥有的巨大资本及其盈余，远远超过了人作为生物学动物的种种需要。一些流溢出的力量引领我们越过基本生存的严格界限，给我们提供了一个让“人”的思绪和梦想可以度假的开阔空间。假日是为乐于创造的诸神设立的。在“生命”的原始乐园中，其使命就是活着，降临到众生头上的任何幸运，都是由于外界进入的机缘的恩赐；众生永远依靠施舍为生，轮番受到上天的恩宠与欺辱。乞丐之间从来都不能和谐共处；他们相互忌妒，彼此猜忌，就像靠主人的恩惠而存活的一群狗，张牙舞爪，狺狺狂吠，想把对方撕碎。这就是科学所描绘的生存竞争。乞丐的乐园没有和平；况且我纯粹物质的东西有其自身的界限，如同蛋壳一般；解放只能发生在无限的范畴之中，不可界说，无影无形。

What is purely physical has its limits like the shell of an egg; the liberation is there in the atmosphere of the infinite, which is indefinable, invisible.

确信，向命运恳求特殊恩惠者生活在常备不懈的状态中，他们发明且不断增添武器装备。

可是，在这扰攘和混乱的喧嚣之上，传来了“剩余”、闲暇和脱离物质索取的天使的声音，向人们说道：“尽情欢乐吧。”“人”摆脱了自己最初作为创造物的奴隶身份，登上了自己作为创造者才有的宝座。以前，他不断地呼喊索取，而现在终于传来了要他奉献的召唤。他的神，过去是自己来请求帮助的，如今却“亲自”站在自己的门口来索取奉献。作为动物，他仍旧依赖自然；作为“人”，他是营造并统治自己世界的君主。

就在此刻，他的宗教问世，他由此从无限的视角认识自己。《阿达婆吠陀》[①]中有一首绝妙的诗这样说道：“正义，真理，巨大的努力，帝国，宗教，进取心，英雄主义与繁荣兴盛，过去与未来，皆孕育于剩余的非凡力量中。”

纯粹物质的东西有其自身的界限，如同蛋壳一般；解放只能发生在无限的范畴之中，不可界说，无影无形。在纯粹的肉体或物质利益的包围中，宗教可能没有任何意义；我们正是在这种剩余之中彰显自己的人格——剩余犹如地球的大气，给她带来光、生命和欢乐的不断的循环。

① 编者注：印度古代《吠陀》文献中的一部，是一部诗集。

我在一首诗中如此表达：孩子只有离开母腹，才会找到自己的母亲，发现彼此之间的真实关系，即在自由的关联中。超脱的“人”，已经从自己与宇宙更为广阔、也更为深邃的关系中认识了自己。在其道德生活中，他既有责任感，同时又有自由感，而这就是善。在其精神生活中，他的和谐同一和自由意志，以爱为顶点。他通过将自己的能力与大自然力量的合一，在大自然的领域中获得为自己赢得机会的自由。他通过承担对自己所在社区的责任，反而得到集体的力量为自己造福，并借此获得社会关系方面的自由。他在意识自由中，认识到自身与自己更大的存在合一的意义，因而在富于奉献精神的生活中得到满足，其中充满了不断发展的真理和始终活跃的爱。

“人”最先实现的超脱体现在他的躯体。就是说，他无须在自己有限的生理领域中发展自己的感官能力和肢体能力，但却可以把这种超脱看作带来巨大成果的无限背景舞台。大自然的初始意图是，“人”应当具有足够敏锐的视力，以观察自己所处之环境甚至稍远之地。然而，假如我们不得已在自己的颅骨上生长出一个天文望远镜，就会造成一场破产危机，其糟糕程度比身躯极为笨重的猛犸象长出毫无节制的长牙还要严重。蜗牛在背上驮着自己的房子，因此房子的材料、形状和重量，必须受到身体承载能力的严格限制。幸运的是，“人”的房子无须生众生之中，“人”已经以一种完美的方式获得了多细胞的特性，不但体现在其躯体中，而且表现在其人格上。

Of all creatures Man has reached that multi-cellular character in a perfect manner, not only in his body but in his personality.

长在他的骨骼上，也不必盘踞他的血肉之躯。有了这种分离，他建造自己住宅的规模和强度的想法就变得十分大胆，了无约束。由于人的栖身之处并不依靠人的身体，所以它存在的时间就比人长。这一事实极大地影响到建造房子的人，因而在他的心灵中引发一种他创造性工作的永恒感。时间的无限剩余的这一背景，激励着建筑的发展，因为建筑寻求一种普遍性的价值，丝毫没有只顾眼前需要的小家子气。

我已经提到过生命所达到的某个阶段，单细胞单元形成较大的单元，每一个较大的单元均由许多单细胞单元组成。它不仅仅是一个集合体，它包含着一种相互关系的神秘合一，而这种关系性质复杂，并且存在着细胞形式和功能的内在差异。我们很难确切地知道这一关系到底意味着什么。这些细胞单元之间存在着间隙，但它们并没有隔断渗透于整体的结合力。整体的前途在于自身的生长，为了使之成为现实，每一个细胞单元都发挥着作用，并为了给下一个工作者让位而死去。虽然细胞单元有权得到属于整体的荣耀，但作为个体，它不能分享构成一部将要完成历史的全部财富。

众生之中，“人”已经以一种完美的方式获得了多细胞的特性，不但体现在其躯体中，而且表现在其人格上。许多世纪以来，人的进化一直是一种意识的进化，而这一意识试图使自身从个人彼此相互分离的结合中解放出来，并试图领会一个可以名之为“人类”的整体与自己的关系。这种已经隐性成为本能的关系，一直在奋力求得对自身的充分认识。物质进化曾在与物质世界的完美联系中寻求功效；“人”的意识的进化曾在与人格世界的完美和谐中寻求真理。

有人会说，人性观念是一个抽象概念，它在性质上是主观的。必须承认，这一活生生的真理的、具体的客观性，是无法向它自己的组成单元证明的。它们不可能从外部看到它的全貌，因为它们与它浑然一体。我们躯体的各个细胞都分别拥有自己的生命，但它们永远不会有机会观察到躯体作为一个整体的过去、现在和未来。如果这些细胞具有推理能力（它们可能有，但我们不太清楚），它们就有权争辩说，所谓肉体的概念事实上没有客观基础，尽管说有一种神秘的引力感和相互感应从它们中间流过，它们却绝非是完全真实的东西；唯一可以证明的真实，是这些细胞之间的分离，而这种状况是由绝不能被穿越或贯通的间隙造成的。

我们对于“空间是由分离旋转的爆发原子所构成的体系”略有所闻，而与这些原子自身的大小相比，空间是浩瀚的。可我们并不知道，它们为什么竟会作为一块固态的放射性矿物质呈现在我们面前。如有一个旁观者，能够一眼就看到由无数正在创造共同历史的个人所占据的浩瀚时空的情景，那么，他们彼此结合的“正面”真理，对他来说是显然是清楚可见的，而他们各自分离的“负面”事实，却不会被看到。

倘若我们以原子为证据，一块铁的真相是不可证明的；唯一的证据是，我将它看成是一块铁，而且它对我的意识产生了某种作用。任何人，比如来自猎户星座的人，如果具有能够看见原子而并非铁的视力，他就有权说我们人类长期遭受着幻觉症这样一种疫病之苦。我们不必与他争吵，而只管依照铁在我们面前所呈现的样子继续使用它就是了。有先知者如是说过“*Vēdāhamētam*”，意思是“我懂了”，可他依旧按照那种幻觉生活。虽然我们自己的视觉可能不济，我们却总是毕恭毕敬地向他们颔首致意。

然而，无论我们的逻辑将人类整体的真相命名为什么，却绝不能无视这一事实：当我们以他人为镜认识我们自己时，我们便感到极大的喜悦，而这正是爱的定义。这种爱向我们证明，人类是一个伟大的统一体，这便是人的全部、也是最终的真相。爱给我们提供广博浩瀚的领域：我们能够摆脱到处充满饥饿、咆哮和张牙舞爪的某个君主国，也能摆脱有限的物质方式的主宰，以及残酷忌妒与无耻奸诈的源头——在那里，通过同情与合作，通过对学海无涯般的以及对所有古老禁忌无所畏惧的知识的无功利追求，通过勤奋开发才智、不分肤色和地域地为他人服务，人类灵魂的巨额财富已经产生出来。

寓于“剩余”这一无边无际王国的“爱的精神”，将我们的意识从自我分离的虚幻结合中解放出来；它一直都努力地在人类世界传布自己的启示。这便是文明精神：它不遗余力地祈求我们至高无上的神，赐予唯一的团结纽带，即正义纽带，将我们导向真理：

Ya ēkō varnō bahudhā saktiyogāt
varnān anēkān nihitārthō dadhāti
vichaitti chāntē viavamādau sa dēvah
sa nō budhyā subhayā samyunaktu.

“他是一，不问任何肤色；他多才多艺，满足所有肤色人种之必需；他是神圣的，既在世界的起点，也在世界的终点；愿他将我们结合为友谊的整体。”

第三章　人的“剩余”

在《阿达婆吠陀》中有若干诗句，论述了诗人对人的概念，表现了一些超验的含义。现将其翻译如下：

“是谁赋予人以形体，给予他尊严、活动、表现和个性，赐予他智慧、音乐和舞蹈之灵感？当人的躯体站立起之时，他还发现了自身的侧面和所有其他的方面——他就是‘原人’，无限存在的城堡。”

Tasmād vai vidvān purushamidan brahmēti manyatē.
“所以，哲人知道，这位原人就是‘梵’。”

Sanātanam ēnam āhur utādya syāt punarnavah.
“人们说他年事已高，但他即便在今天也堪称青春年少。”

“人”在问世之初，即以其形体结构，向已然确立的自然法则，发出第一篇自由宣言。在进化道路上的某个转弯之处，他拒绝再做四足动物；他所采取的体态，恒常地表现出一种永不从命的精神。毫无疑问，大自然的原本计划是赋予所有陆地哺乳动物四条腿，让它们均衡地分布在颀长的躯干上，一端再重重地压上一个头颅。由于地球守恒的下向引力向陆地哺乳动物的所有行动强行征税，它们举步维艰，因此这种安排是此类动物受到引力威胁时与地球达成的绝妙妥协。人放弃这样一种显然合理的安排的事实证明，他生来就有反复修改宪法，以及对于上天提出的每一个决定都做细微修订的嗜好。

倘若我们发现四条腿的桌子用两条腿直立，且到处阔步徜徉，而其余两条腿悬垂在两侧，我们恐怕会以为这要么是一场噩梦，要么是这件家具突发奇想走火入魔，沉湎于对木匠规矩理念的恶意嘲讽之中。“人”身体构造的类似荒唐行为，同样诱发我们猜测，他一定是在某个偏离了大自然规定的轨道，而在星空游走的彗星的影响下诞生的。“人”竟然能够不顾自己反抗动物行动的正统规则而甘受惩罚，并且坚持自己的鲁莽行为，实在意义重大。他将把实现平衡自如的肌肉减去一半。他准备好幼年时历经风险地蹒跚学步，且在支撑力不足的情况下前行，而在随后的一生中，他都可能猝然摔倒，引发悲剧性或引人发笑的结果；相反，循规蹈矩的四足动物则无此之虞。人的伟大冒险，在于他放弃了四肢着地的平稳姿势，他本可以舒舒服服地保持这一体态，尽管每走一步都得谦卑地向全能的尘土鞠躬致意。

这种直立的能力，赋予我们的躯体拥有采取各种体位的自由，使我们可以自如地转变方向，并认识到我们自己处于万物的中心。实际上，它象征着这一事实：动物沿着一条漫长狭窄的路线前进，而人却在不断扩大自己的圆形活动领域。作为中心，他在一个广阔的背景下发现自身的意义，并从自己所处的巨大圆周范围内认知自己。

随着一种自由导致另一种自由，“人”的视野也愈益开阔。我不是指人的肉眼视力的提高，因为许多食肉动物具有更强的、根据光线调节视力的能力。然而，我们身体的瞭望塔，使我们具有居高临下的优势，可以让我们将一切尽收眼底，这不是指各种事物的位置信息，而是它们的相互关系和它们的总体情况。

然而，“人”以直立姿势获得自由的最卓绝的手段，是通过解放他的双手来实现的。在我们的身体组织中，双手由于灵巧、优雅和从事有益活动以及包括所有的其他活动能力，已经获得了至高无上的尊严。它们是我们所有肢体中最超然的。它们曾为我们从事搬运工的贱役，但它们原有的首陀罗地位得以提升后，它们立即获得了充当我们助手的负责身份。当我们不再将它们置于我们身下，而是在我们的两侧给它们提供位置时，它们表现出了帮助我们跨越动物王国界限的各种能力。

伴随着这种视阈自由和行动自由而来的，是“人”借助自己的想象力而获得的类似的精神自由，这是我们所有能力中最为明确地显示人的本性的能力。精神自由在这一阶段要帮助这样一种生物，他在人的进化尚未完工时就被自己的设计师抛下，没有外衣，没有装饰，没有铠甲，没有武器；更为糟糕的是，他还要承受精神的困扰，而精神活力多半不会甘心被驯服，从而温顺地在空无所有的背景下生成什么艰涩难懂的圆满理念。如同所有的艺术家，他有犯错误的自由，也有对抗和折磨自己的心理或生理常态，来进行奋不顾身的冒险的自由。这一自由，是上天赐给桀骜不驯的凡人的礼物；所以，他们富于创造性的前进之路，散落着破败的瓦砾，而他们臻于完美的各个阶段，同样也充斥着令人触目惊心的景象。然而，创造力的素质还是明确地确立了一个目标，它不可能存在于个体心灵的任何孤立的奇想之中，或是仅仅局限在绝对必需的什么东西之中。

正如我们的视力使我们能够将我们自身这一独特事实置于周围景物之中，我们的想象力使我们强烈地意识到一种我们必须过的生活，一种超越个人生命、并与自我保存这一本能的生物学意义相左的生活。它致力于开发“剩余”，并在我们日常生活的保留地之外，建造具有无限价值的客房，为的就是款待“人”的世界精神。在我们的精神成为一种不受动物自我桎梏的我们在任何方向所可能获得的每一种真正的自由，都会拓宽我们的自我实现之路，而自我实现就是战胜自我。

Very true freedom that we may attain in any direction broadens out path of self-realization, which is in superseding the self.

自由精神之时，我们成为具有这样一种光荣权利的主人。因为自由精神是缘神而来的，所以其自身只能同神有着密切的渊源关系。

我们在任何方向所可能获得的每一种真正的自由，都会拓宽我们的自我实现之路，而自我实现就是战胜自我。在大自然强加的、安全限制之内的、缺乏想象力地重复着的生活，对于动物而言可能是美好的，但对于“人”却绝非如此。因为人的责任，是要创造超越自己自然生命年限的事物，这才真正地不枉一次人生。

自由在其创造的过程中，引发了超越其显而易见目标的不断的设计。自由就是要表达无限；它对自己的成果加以限制，不是为了它们永世长存，而是要一次又一次地把它们打碎，并以无穷无尽令人惊奇的方式揭示无限。这就意味着它是一部不断再生的历史，一系列新颖的开始和对旧事物持续不断的挑战，为的就是与真理的某个根本目标达到愈益完美的和谐。

我们的文明在为了伟大的“未来”而进行的不断斗争中，匆匆写下一些意外的断断续续偏离正题的篇章。它几乎总是以一场剧变开始其新的冒险；因为它的变化，不仅仅是思想经历其开花结果不同时期的季节性变化。它们是潜伏着的、猝不及防的变化，引发各种可能导致巨变的调整。它们是活生生的理想王朝中的变化——这些理想通过建造身体习惯和精神习惯的堡垒，以及符号、仪式和饰物的堡垒，积极巩固自己的统治。可不管何时或在哪个国家发生了革命，无论有多么暴烈，它们从来都不曾全然脱离过一个共同的中心。它们在一部统一的历史中找到自己的位置。

在印度或中国、波斯或朱迪亚、希腊或罗马逐步发展起来的文明，宛如几座具有不同海拔、气温和动植物分布，但却属于同一山系的山峰。它们之间不存在绝对的交通障碍；它们的基础是同样的，它们影响着对于我们大家来说是共同的大气气象。这正是大师这句名言的意思的根本所在：众生不获拯救则自己不谋自救；我们都属于一个神圣的统一体，我们的灵魂高尚之士从中直接获得启示；他们以自己的人格真切地感受到它，他们以自己的生命宣告："我与至高无上者、永生不死者、绝对完美者一体。"

"人"，在进行创造自己的使命之时，试图按照一个他自认为具有普遍意义的观念，在自己的大脑中形成自己的真实的形象，并确信对这一形象的任何表现都将万世长存。对生物生存而言，这是一种绝对多余的心态。它体现出人为了一种不仅仅局限于身体层面的生活而展开的斗争。我们的物质生活的线性状态，存在于对过去的回忆之中；而理想的生活，却寓于对未来的憧憬之中。

在从尘封古迹中发掘出来的有关昔日文明的记录中，我们发现，这些文明为流芳百世付出了多少可悲的努力，就像一个小孩子将纸船放入江中随波逐流，将自己的梦想带向陌生的远方。可为什么会有这样的欲望呢？只因为我们本能地感觉到，在我们的理想生活中，我们必须通过显现永恒且普遍的真理，来触及所有的人和所有的时代。为实现理想的生活，优异的材料聚集了起来，还找到了具有永恒价值的实施方法。因为我们凡人必须向具有永恒生命的人表示敬意。为此，我们理应比我们纯粹谋生付出高昂得多的代价，而且我们每每在努力中耗尽自己的生活资财，甚至生命本身。

一个野蛮人想象出的自己的理想形象，需要鲜艳的化妆品和绚丽的服装，粗大喧响的饰物，以及怪异得过度夸张的畸形样子。他力图使自己的个体的自我净化为一种表现形式，他认为这样具有理想的“人”的威严。他不满足于自己在自然限制下的现实；他异常强烈地感觉到，在自身存在的明显事实之外，还存在着某种仅仅能够赋予他价值的什么。这便是力量的信念；按照他目前所处的智力阶段，力量是他所归属的宇宙实在的内涵，而对此给予表现是他值得嘉许的职责，即使以自己的幸福为代价也在所不惜。事实上，借此他就与自己的神成为一体，对他来说，神只不过就是力量。野蛮人不惧麻烦，常常忍受折磨，以便用显眼的化妆品和扭曲的外形，用残酷无情的行为和过度的自我放纵，使自己成为力量的象征。这样一副粗陋浮夸的外表，却在他所属的社会团体中引起一种忠诚的崇敬，并使其他团体成员产生了对审美满足的恐惧。因为这一外表让他们看到了一个人物的化身，就他们所知，是理想中的人类。他们希望在他的身上看到的不是一个个人，而是能够代表他们全体的“人”。因此，尽管他们苦难重重，却乐于拜倒在他的夸张行为之下，甘于接受一个极端变化无常且极为明显会造成伤害的意志的统治。他们对生理解剖的癖好以及狠毒的复仇心态，使他们迫切需要受害者抛洒鲜血，他们在选择奖惩对象和方法时不加区别，全凭个人好恶。于是，他们将自己犯下的实质上和道德上的滔天罪恶，全都归于自己的神的名下，让它们象征着自己毫无节制的各种想法。由于伴随怜悯情绪的顾忌，这些神在行动中极为踌躇，因而被今天一些具有阳刚之气的才子们讥讽为感伤主义；事实上，这些神是绝不会受到谴责的。

无论这一切有多么粗陋，它都证明“人”有一种感觉：某种凌驾于他之上的东西真正地代表着他。他认识到，自己并不是不完善，而是不完全。他知道，在自己身上，还有某些价值有待实现。我们感觉不到它的奥妙，因为“人”身上的野蛮行为并不是绝对的，它的界限就像地平线的界限一样，而在我们看来这似乎十分自然而然。他心灵中的呼唤——他自己的内在真理的呼唤——是深邃的，对此，他的直接认识和用以分析的逻辑丝毫无能为力。对这一超验的“人”的真实性毫无怀疑的个人已经诞生。随着我们的意识对此的理解愈益增加，我们的内心逐渐形成了一些新的评价，新的深切、微妙的喜悦，以及冷静尊严的表现形式，都是通过消除低俗和狂热的情绪，消除所有在外形、色彩、言辞或行为上的暴力以及三 K 党主义的阴暗心态而获得的。

每一个时代都在自己的伟大表现形式中显露自己梦想家的人格，正是这些表现形式，携着一个时代，穿越许多波涛汹涌的世纪，来到人类永恒历史的大陆高原。这些表现形式可能不是有意识的宗教作品，但它们间接隶属于人的宗教。它们是人类某些个人的“伟人”意识的产物。这一意识在科学、哲学和人文科学中，在社会伦理中，在所有自身具有终极价值的事物中，都找到了自己的表现形式。这些都是真正具有精神性的，应当有意识地将它们全部协调在一个伟大的“人”的宗教之中，这样才体现了他在伟大的思想、行为和梦想方面，在不朽的艺术象征方面，为追求完美而付出的持久努力，同时也揭示了他对提高人的尊严而表达出的热望。

我曾有机会造访古罗马的一些废墟，那是人类向往“浩大”的遗迹，目睹它们让我心驰神往。这难道不能证明伟大罗马帝国的、具有创造想象力的人民乐于通过建筑的表现形式来揭示它的超验人性吗？这就是帝国观念，它不仅给人口过剩蓄积起来的压力开辟了出口，或是拓宽了可以为自己获取商业利益的领域，而且还以罗马人人格尊严的具体表现留存于世，因为罗马的灵魂梦想着在世界范围内进行自己的创造，为“理想的人”构筑一个合适的住所。这就是罗马付出的巨大努力，为的是回答，“作为‘人’，‘人’究竟是什么”这一永恒问题。任何郑重其事的答案都该属于宗教范畴，无论其性质可能是什么；事实上，罗马的这一答案，不仅属于一个特定的民族，而且属于我们全体。可能罗马在为自己作为人类历史上的世界建设者的地位奋战时，没有给出尽可能完美的答案，但它显现了人类不屈不挠的精神的非凡魄力。这一精神主张，“*Dhumaiva sukham*”，意思是“伟大本身就是幸福”。罗马帝国已经土崩瓦解，但罗马对人的崇高性信念，仍然存留在人类地质学上一个广阔的地层之中。这一信念就是罗马宗教的真正精神，只不过在正规的神学传统中，这一宗教早就已经黯然失色，因为它仅仅提供罗马以感情慰藉，而没有精神启迪。事实上，这一神学已经衰落到大大低于罗马人格的地步。所以，罗马人格反对罗马宗教，而

“人”，不像动物那样愉快或满足，因为他是否愉悦和安宁取决于他的答案是否正确。

Man is not happy or contented as the animals are; for his happiness and his peace depend upon the truth of his answer.

罗马宗教的使命是，以永恒的事物为背景显现罗马的人性。我们不要从罗马人和其他什么人的诸神那里寻求宗教，而要从梦想着拥有自己的无限、一直尊严地劳作并藐视危险和死亡的人那里寻求宗教。

自从“生命”世界朦胧的意识星云强化成为人的自我中心以来，他的历史开始迅速展开一系列篇章，因为这是他的答案，他以各种形式努力地回答他的自觉的自我所发出的“我是什么”这一问题。“人”，不像动物那样愉快或满足，因为他是否愉悦和安宁取决于他的答案是否正确。动物只要找到满足自己生理需要的足够物质就算是成功。一条鳄鱼像一条普通鳄鱼那样，在没有遇到什么障碍时，它就张开大嘴吞食，绝不抱怨诉苦。说“人也必须像一个人一样，那就是要找到自己的真理”，这是一种老生常谈。然而，人却大惑不解，于是迷茫地问道：“像一个人是什么意思？我是什么？”我们不应当指望虎揭示自己的天性，因此，也不应当指望它根据自己的品位，给自己的皮毛选择一种特殊的颜色。

然而，“人”已经花费了许多世纪来讨论自身的真实本质这一问题，但没有得出什么结论。他一直在精心建构各种宗教，通过违背自己的自然倾向，来相信所谓“自己并不是当下的自己，而是什么更不同凡响之辈”的悖论。人的这些努力所具有意义的是这一事实：为了真正认识自己，“人”在自己的宗教中塑造了一个实际凌驾于人之上的神的幻象，并与人有着亲缘关系。这些宗教不仅在细枝末节上不同，而且往往在道德意义上相互排斥，但它们共有一个相同的倾向。其中，人们在实质上已经人格化的美德中，寻求他们自己的最高价值，即他们自称的神性。理智，科学得有些过的理智，对此却嗤之以鼻；理智应当知道，宗教实质上并非本质上空泛乃至抽象的；它只有在触及人心中的“梵”时才会发现自身；否则，它就没有存在的道理。

必须承认，这样一个人的要素，给我们的宗教引进一种心态，它往往伴有这种危险，让理智蒙昧无明、道德备受斥责、审美令人厌恶的失常行为。然而，这些都是错误的答案；它们歪曲人的真理，因而就像对待社会学、经济学或政治学中的所有错误一样，必须与它们斗争并战胜它们。它们的真相，必须根据使人类臻于完善这一标准予以评判，而不能依据某种拒不接受人类道德法庭确认的、专断命令的裁决。伟大的宗教，都是沿着这一方向前进且引起我们的态度发生根本变化的伟大革命的产物。这些宗教，一律是作为更早期的、诸多非人性的宗教对立面问世的，其中更加强调各种例行仪式，以及更加专横跋扈的、外在的强迫性行为。如前所述，这些更早期的宗教是膜拜力量的邪教；它们对我们有价值，并非在于帮助我们掌握真理走向完善，而是通过占有财富和对神的神秘操纵令人悚惧。

或许真的是这样，我对我们的祖先不公正。这很有可能。因为他们的崇拜力量不是纯粹出于利用力量的目的，而是他们以自己的方式将力量视为真理，将自身的力量与之交流并从中获得满足感。他们一定自然而然地感到，这一力量是自然背后的意志力，而不是偶然地总是撞上正确结果的、不具人格的癫狂。倘若他们真的尊崇一个没有头脑、没有心肝也没有目标的抽象事物，那他们就是绝顶愚蠢了；实际上，那个抽象事物的表现形式远比他们低劣。

当“人”不再毫不松懈地全神贯注于生活资料的时候，他就有闲暇关注自身的自我奥秘，并油然而生地感到自己的人格真谛。

When Man's preoccupation with the means of livelihood became less insistent he had the leisure to come to the mystery of his own self.

第四章 精神的合一

当“人”不再毫不松懈地全神贯注于生活资料的时候，他就有闲暇关注自身的自我奥秘，并油然而生地感到自己的人格真谛——既与一个生生不息的人类世界有关，而且还会在这一世界臻于完善。他的宗教在最初以力量为自己的广阔背景，而在找到显现人的本性的人格真谛作为自己的背景时，它发展到了一个较为高级的阶段。但绝不能认为，它会沿着这一方向使我们关于“无限”意识的范围变得狭窄。

消极的“无限”观念，仅仅意味着事物范围的无限扩大，事实上是指“无限”的永久延缓。我听说，数学已经得出“我们的世界属于一个有限空间”的结论。但这并没有使我们感到不快。即使一条直线不能始终保持笔直，并且有不停地返回出发点的倾向，我们也并不因此而感到非常遗憾，同时也无须对空间本身发出微词。在印度教经典中，宇宙被描绘为一枚卵蛋；这就是说，对人的思维而言，宇宙以圆形的卵壳为其界限。印度教经典进而声称，时间也不是持续的，我们的世界反复毁灭，再度开始其循环。换言之，在时空领域，无限由永远不停地旋转的有限构成。

然而，“无限”的积极方面在于不二论——一种绝对的同一。在这种绝对的同一中，“众多”的内涵不在于外在的容器，而在于渗透并超越其内容的内在和谐；犹如一朵莲花所蕴含的美，胜过这朵花的组成成分，其程度不可言传。不是范围的量值，而是和谐的集中品质，在我们的心中唤起了我们的喜和我们的爱中“无限”积极的感觉。不二论就是喜；无限的“一”就是无限的“爱”。就精神感觉迟钝的人们而言，他们的认识欲望已经蜕变为对物质的占有，实际上表现为对空间的攫取。这种对量值的渴望，不会成为对“伟大”的向往，而是成了对“巨大”的狂热。诚然，真正的精神认识不是通过增加财产的规模或数量而达到的。无限的真理存在于有关同一的理想中，我们只有在更深切的关系中才能发现这一点。认识的真理，不在空间中，只能凭借自己的内在精神予以实现。

Ekadhaivanudrashtavyam etat aprameyam dhruvam.
“无限和永恒必须被看做‘一’”。

Para akasat aja atma——“这一非生的精神是超越空间的。”

因为它就是*Purushah*，即“原人”。

印度宗教中特有的精神态度，可以在瑜伽这一词汇上反映出来，它的意思就是实现结合。结合的意义不在于拥有什么，而在于处于什么状态。获得真理就等于承认真理的可分离性，但处于真实状态却意味着与真理合为一体。涉及我们与上帝的关系的宗教向我们保证，倘若这一关系能够保持真实，我们就会得到报偿。这种报偿具有客观价值。它向我们提供某种置于我们身外的理由，以便我们能够按照规定的路途行进。我们印度也有这样的宗教。可对那些已经发展到更高程度的宗教，它们渴望在与那罗衍那[①]，即人的最高“实在”（它同样是神的）的结合中获得自我实现。

我们与这一精神的结合，不是通过理智实现的。我们的理智属于人的机体组织中的经济部门，它出于自己的一系列原因小心翼翼地节约使用着我们的意识，并将我们与现象世界的关系纳入意识之中。然而，正是瑜伽的目标帮助我们超越“心灵”设置的限制。在这些限制被战胜时，我们内在的自我充满喜悦。这就表明，通过这样的自由，我们终于接触到了其本身就是目的、因而也是极乐的“实在”。

---

① *Narayana*，毗湿奴神的别名，又称坚固力士、金刚力士。

曾经，人在无所不在的“光”中看到了无限，于是他崇拜太阳。他还用各种祭品举行拜火仪式。后来，他感到了“生命”中的无限，这便是“生命”创造上的“时间”，他因此说道：“*Yat kincha yadidam sarvam prana ejati nihsritam*，”意思是“所有现存的一切皆来自生命并在生命中感应”。他确信这一点，因为他已经直接意识到，寓于自身的“生命”奥秘即是目的原理，即是他所有活动之源的、井然有序的意志。他对真理的最终性质的解释，取决于“生命”向他提供的暗示，而不是哑然无声的无生命物质。随后，他深入进自己的存在本质，说道“*Raso vai sah*”，其意是“无限本身就是爱”——永恒的欢乐精神。他的宗教，在对无限的认识中，从不具人格的天空开始了自己的行程，继而行进到“生命”，即体现时间中的自我创造力，最后以心存永恒之爱的“原人”告终。他的宗教说道“*Tam vedyam purusham vedah*”，意思是“结识能够被认识的原人吧”；“*Yatha ma vo mrityug parivyathah*”——“如是死亡也不可能给你造成痛苦”。因为“原人”是不死的，在他的身上寄托着个人的永恒真理。对于“原人”有如下说法：“*Esha devo visvakarma mahatma sada jananam hridaye sannivishatah*.”它的意思是，“这就是神，世界的劳作者，天生永远寓于所有的人心中的‘伟大灵魂’。”

Ya etad vidur amritas te bhavanti，意思是“凡是认识他的人，都会超越死亡之局限”——不是在时间的久远，而是在真理的完善。

我们与一个既活动于世界范围内又寓于人类心中的神的合一，不可能是一种消极被动的合一。为了与“他”合一，我们必须摒弃自私的工作，成为 *visvakarma*，即“世界的劳作者”——我们必须为所有的人劳作。在我使用“为所有的人”这几个字时，我并不是指不计其数的个人。所有的善行，无论其所涉及的范围多么狭小，实质上都具有普遍性。这样的行为，都是为了求得对 *Visvakarma*，即为所有的人工作的“世界劳作者”的认识。为了与这一“伟大灵魂”合为一体，人们必须陶冶自己的灵魂，使自己趋于伟大，使自己认同所有种族的灵魂，而不仅仅认同一己的灵魂。这十分有助于我们理解佛陀所描述的“生于无限之中”（*Brahmavihara*）的含义。他说：

“不要彼此相欺，不要在任何之地鄙视任何人，绝不要在愤懑之时因一己之举动、语言或想法让任何人受苦。犹如一位用自己的生命养育独子的母亲，要对众生保持你的无量慈悲。

“在你的上方，在你的下方，在你的四面八方，保持你对全世界的同情与无量慈悲，不要有障碍，不要有任何害人之心，不要心怀敌意。

“除睡眠外，无论立行坐卧，常怀此念，是谓生于梵。”

这已然证明，佛陀关于无限的思想，并不是关于在无垠宇宙中活动的精神的思想，而是关于它的意义在于善与爱的积极理想的无限思想，它只能与人类有关。你在慈悲、善良和有爱之时，并不认识在星辰或岩石中的无限，而是在人身上显现的无限。佛陀的教诲表明，涅槃乃最高目标。为了理解涅槃的真谛，我们必须知道达到涅槃境界之路，不仅仅要通过否定邪思恶行，还要通过消除所有对爱的限制。这就必然意味着自我在爱——即真理——中升华，它将所有我们应给予同情和服务的人们纳入爱的怀抱。

当有人问及“存在”的最初原由时，佛陀严肃地回答说：“如此诘问，非但无益，而且无关。”他难道不是在说，这样的提问已经超越了作为我们目标的人的范围——虽然可以在宇宙哲学或科学领域合情合理地提出这样的问题，但是它与人的“正法”（*dharma*），即人的内在本性无关。爱在正法中得到完全的实现，人的所有牺牲归结为正法中的永恒的收获，灯光熄灭不是正法的损失，因为阳光无所不在。聆听大师讲法的人们，难道仅仅耳闻他的话语，仅仅理解他的教义？绝不是这样。他们在他的身上直接感觉到，他在用自己活生生的语言宣讲人的终极真理。

意味深长的是，所有伟大的宗教在历史上都起源于个人。

他们的生命中体现有真理，这不是一种关于宇宙的或超越道德的真理，而是一种人类和善的真理。他们将宗教从魔鬼势力的巫术堡垒中拯救出来，使之深入人类的内心世界，不是仅仅限于给个人带来某种独享的好运，而是给所有的人都普降福祉。

这并不是为了让孤独的人得到精神上的狂喜，而是为了所有种族的精神解放。他们作为人的使者来到所有国家的人民中间，宣讲我们只有不断完善与这位“永生的人”，即“神圣的人”的关系才能获得拯救。无论他们关于神的教义可能是什么——或是他们从自己的时代和传统那里借来的教条，或是他们的人生和教诲，都深深地暗示存在一个神，就是内在于“人”“父亲”“朋友”“情人”心中的“无限”，必须通过服务全人类才能实现对他的侍奉。人心中的神，要依赖人们的侍奉和人们的爱，才能如愿实现自己的爱。

在印度古代森林的浓阴下，有人提出一个问题：

Kasmai devaya havisha vidhema?
“我们必须为之供奉祭品的是哪一位神？”

这一问题至今依然没有答案。为了给予回答，我们必须以自己深厚的爱和成熟的智慧来认识人是什么——不仅要心怀同情，而且要心怀科学，心怀创造的欢乐以及英雄主义的痛苦；*tena tyaktena bhunjitha*，即“通过牺牲来欣赏他”——这当然是出自爱的牺牲；*ma gridhah*，即“不要贪婪”，因为贪心使你的心灵转向你心中的幻觉，并使你的心灵背离真理。在此，你是你独立的自我，而真理则是你身处其中而代表的 *parama purushah*，即“至高无上的原人”。

我们的贪心使我们的意识转向物质，从而背离作为“普遍存在”本质的真理的最高价值。于是，我们试图以奔腾不息的财富之江，注满退潮的灵魂之河遗留的沟壑；财富之江可能拥有填充之力，却没有联合和再创之能。所以，深渊险恶地隐藏在金光闪烁的流沙之下，它们在我们熟睡时因自重猝然塌陷。

然而，真正的悲剧并不在于我们的物质保障面临风险，而在于人本身在人类世界变得黯然失色。在灵魂的创造性活动中，人认识到自己的环境是自己更大的自我，其中充满着自己的生命和爱。但是，由于野心勃勃，他对自己贪得无厌的感觉迟钝又失控，使得这一环境发生畸变并遭污损。他那巨大比例的功利世界，对他的内在本性产生影响，恍惚迷离地向他暗示一个实属抽象体系的宇宙计划。在这样的世界里，全然不可能存在 *mukti*，“解脱”，即真正的自由，因为这样的世界是一个实在孤寂的事实，一个不见天日的牢笼。从所有的表象看，我们的世界是一个由确凿事实构成的封闭世界，犹如一粒覆有坚韧外壳的种子。但是，在这封闭之内，即使自由可能变得悄无声息之时，我们的生命依然在无声呼喊着“解脱”。当某种巨大的、发育过度的诱惑践踏这充满活力的渴望并使之归于沉寂时，文明确实就像一粒失去萌芽欲望的种子那样悄然死亡。这一真正的自由存在于真理之中，而真理又寓于理想之人的心中。

就本能而言，人的自我，寻求一种在更高级人格的真理之中的满足。

And instinctively, his personal self sought its fulfillment in the truth of a higher personality.

第五章　先知

我在前言中已经提到，我们通过自己的感觉、理智或想象与之联系的宇宙，必然是人的宇宙。我们的物质性的自我，通过在认识和实践中与宇宙的物质性建立正确的联系，从而获得力量和成功。宇宙所有现象的奥秘，由人归纳为若干与自己的理性大脑相和谐的规律。在我们历史的原始阶段，人与外在世界的物质来往，对于维持自己与其他生物一样的生命，是至为重要的。所以，他的宗教的最初表现是物质性的——宗教产生于人对自然力的种种表现的惊奇与敬畏之感，以及他想通过神秘的咒语和仪式为自己和自己的部落赢得这一力量的企图。换言之，人的宗教旨在借助人自己的巫术力，实现与自然神秘魔力的完美契合。接着，便到来了这样一个时代：人所拥有的闲暇自由可以将心灵转向自己的内在本质，而且他自己的人格的奥秘，对于他也有了最为重要的意义。就本能而言，人的自我，寻求一种在更高级人格的真理之中的满足。宗教史上，我们对这一更高级人格的本质的认识，正如我们对物质世界的本质的认识那样，经历了许多变化。我们的礼拜方式顺应了这一变化，但它的演化进程却是从专注外部世界和巫术魔法，转向追求道德和精神的意义。

我们可以在波斯的伟大先知琐罗亚斯德[①]的预言中，找到对人的宗教进程方向变化的翔实记录；通常，伴随它而来的是一场革命。后来，相同的事情在印度发生了。显然，这场宗教斗争的历史记录于史诗《摩诃婆罗多》，其中与黑天的名字和《薄伽梵歌》[②]中的教义联系在了一起。

琐罗亚斯德导致的宗教改革，是伊朗历史上所有引人注目的事实中最重要的一件事。几乎毋庸置疑，他是我们所知道的第一个赋予宗教以确定的道德性质和方向的人，同时也是第一个弘扬一神论教义的人。一神论给善提供了一个永恒的实在基础，被看作“完美”的理想。所有原始类型的宗教，都试图使人们受到外在仪式诸多规则的约束。琐罗亚斯德是所有早期先知中最伟大的一位，他给人类指明了自由之路。这是道德选择的自由，这是不盲从没有意义的命令的自由，这是免于重复建立许多神殿使我们不能专心致志虔诚拜神的自由。

今天，当我们被告知一个行为道德上的善，是源于其意图

① 译者注：查拉图斯特拉创立琐罗亚斯德教，也称火教、拜火教。
② 译者注：史诗《摩诃婆罗多》中的一部分，也称《神之歌》。

的善时，我们中的大多数人未免会觉得这似乎是一种不言而喻的事情。然而，这却是一条真理。对人而言，它曾经如同黑暗中闪现的灯火，可至今还没能照亮人性所有的晦暗角落。我们在自己的周围仍然可以看到，人们心怀恐惧地沿着盲目的形式主义之路前行，并希望以此建立功德，但形式主义没有精神上的活的道德源泉。这一点会有助于我们理解琐罗亚斯德的伟大。他虽然被信奉神秘仪式的人们所包围，却在没有理性的黑暗时代宣道，声称宗教的真谛就在于其道德意义，而不在于有着虚幻价值的外在仪式；而且宗教的价值在于维系人过着具有善心、善言和善行的生活。

盖格博士说："先知将自己的宗教描述为'闻所未闻的言辞'或一种'奥秘'，因为他自己将它视为是一种与人们迄今所信仰的迥然不同的宗教。对他来说，他所宣称的启示，已不再是一个感情问题，不再是单纯对神的模糊的呈现和构想，而是一个智力的问题，一个精神感知和认识的问题。这具有极为重大的意义。因为在如此高古的宗教中，像《伽泰》教理那样如此明确地阐明其基本教义的——宗教是一门知识或学问，也就是一门关于真实存在的事物的科学——可能不是很多。不信教者是无知的；相反，信教者是博学的，因为他们已经参透了这门知识。"

为了说明在印度宗教思想的发展过程中也有相似之处，我在此顺便指出，在全部《奥义书》中，精神真理这一词语被反复地强调为 *vidya*——“知识”，而它的反义词则是 *avidya*——“无知”，即缺乏理性对错误的接纳。

真理的外在表现，由于人在内心对它的证悟，可以达到朴素的极致，耀如白光一般。真正的单纯，是“完美”的外观。在精神发展的原始阶段，当人朦胧地意识到自己的生命和客观世界中“无限”的奥秘，也并不完全知道自己与这一真理关系的内在性质时，他最初的感觉不是惧怕就是贪得。这就驱使他在礼拜时极尽夸张之能事，狂热地举行各种仪式。然而，在琐罗亚斯德所著的、充分反映其教喻的《伽泰》中，我们几乎难以寻觅到任何提及拜神中的仪式主义。行为与其道德动机，几乎是该经典唯一关注的方面。

古代伊朗，波斯人的正统拜神形式，包括以动物做祭品，以及向诸多神灵（*daevas*）供奉鲜血（*haema*）。琐罗亚斯德敢于对所有这一切不屑，不但显示了他的勇气，而且显示他将“至高存在”视为一种精神而认识的力量。据说，普鲁塔克（Plutarch）曾经提到：“琐罗亚斯德教诲波斯人将‘誓言和感恩祈祷’作为献给阿胡拉·玛兹达[1]的祭品。”对血腥的巫术仪式

① Ahura Mazda，古代伊朗宗教，特别是琐罗亚斯德教（Zoroastrianism）所奉的至高之神。是睿智之主，创世之神。

有效性予以相信，以及将道德和精神理想作为真正的拜神形式加以追求，二者之间的差距判若云泥。可以很惊奇地看到，琐罗亚斯德是怎样通过明确的认识成为第一个跨越这一差距的人，并因此赋予他的生活和言语以一种非同寻常的信仰热诚。充满他心灵中的真理，并不是从书中借来或是从老师那里获得的；他并非沿着一条既定的传统之路前行而追求到真理，恰恰相反，真理是作为对他全部生命的精神启示而降临于他的，几乎就如他的普遍自我与他的个人自我之间的一种沟通。他在下面的一段话阐明了自己对这一认识具有极大的直觉性：

啊，玛兹达，当我把你想象为最初的“第一人”和“最后一人”、“最值得崇拜的一”、“善心之父”、“真理和公正的创造者”、我们人生行为的“最高审判者”时，你就出现在我的眼中。

他灵魂的直接感应使他说道：

于是，我宣告宇宙中最卓越的“伟人”已经莅临！“真理”对众生皆有助益，我以此为他谱写颂歌。让阿胡拉·玛兹达的“圣灵”聆听我的颂歌吧，因为“善智”指引我崇拜“他”；让“他”以自身的智慧，告诉我一切最为美好的东西吧。

真理并不是通过推理的分析就可以找到的，它也并不取决于外在的事实或人们的普遍信仰和习俗来佐证。

The truth which is not reached through the analytical process of reasoning and does not depend for proof on some corroboration of outward facts or the prevalent faith and practice of the people.

真理并不是通过推理的分析就可以找到的，它也并不取决于外在的事实或人们的普遍信仰和习俗来佐证。真理就像灵感一样，源于自己的环境背景，由此而来的真理让人相信：它来自神的智慧的内在源泉；认识真理的个人，接受了特殊的神启，因而负有直接充当传播“神的真理”的媒介责任。

只要人将自己的神视为恩惠的施予者，且仅仅青睐对“他”礼拜者中那些懂得如何取悦“他”的秘诀的人们，人就会试图使“他”为自己所用，或为自己所属的部落所用。然而，一旦道德的本质，即“神”的人性为人所领会，人就可以在自己的宗教中，认识自己神圣的自我，他的“神”也就不再是为了获取好处而需要讨好的旁观者了。对神的意识超越种族的界限，就会将全人类集结在一个和谐融洽的精神领域之内。琐罗亚斯德是第一个这样的先知，他把宗教从部落神，即选民之神的排他性和狭隘性的束缚下解放出来，并向“宇宙的人”敞开宗教的大门。这是宗教史上的一件大事。这位大师谈到神启时说道：

啊，阿胡拉·玛兹达，当斯拉奥沙怀着“善智”来到我身边时，当我最初听到你的良言并变得睿智时，我切实相信，你就是“大慈大悲至高无上的神”。虽然使命艰难，虽然不幸可能降临我的头上，我还是要向全人类传布“你”的启示，“你”所宣明的至妙的启示。

他向玛兹达祈祷：

啊，阿胡拉，请你如实告诉我，对全人类最适当的宗教，基于真理的宗教，应当在我们的世界欣欣向荣，以《虔敬神歌》规范我们的行动有序又合理的宗教，以渴望作为自己的理智追求的宗教，啊，玛兹达。

作为一个对真理有直觉能力的人，他怀着坚定不移的信心和希望，向世界宣告：

来自四面八方的人们，请你们聆听我说！聆听我现在要讲的一切；好生思索万事万物，用明晰的思想，仔细衡量我的话语。绝不能让欺世盗名的教士，再次败坏这个世界，因其已缄默无语，其教义已被揭穿。

我想，可以肯定地说，在文明遥远的发端时期，所有宗教的历史上，这样一种以明确肯定的口吻表述的崇高的宗教理念是独一无二的，它的坚定语气透露出坚强的信心，它是一种关乎终极“完美”的真理，即使殉难也必须将它传布给全人类。

波斯人一度也与其他雅利安民族一道，崇拜象征自然力的神，但凭借履行道德责任或以爱心奉献诸神，并不能赢得他们的恩典。事实上，那是科学精神试图开启自然界中潜在力量的原始开端。然而，在这一时代，一定有某种更为深邃的欲望潮流，不断地与力量崇拜发生矛盾，指明了若干具有内在善的领域，它们与物质的获取相比，显得尤为珍贵。这一潮流的声音最初并不强大，也不曾引起大多数民众的注意，但其影响，犹如种子的内在生命，悄然成长。

于是，伟大的先知诞生了；在他的生命和心灵中，潜在的真理之火猝然迸发，燃起熊熊烈焰。民众中最美好的东西，在悠长晦暝的时代里，通过暗示和耳语的方式发挥作用，直至发出自己再也不能被压抑的声音。因为那种声音已经成为人的声音，不再局限于某一特定的时代或民族。它穿越沉默与遗忘、沮丧与失败的间隙，再次以征服的召唤出现。这是对战士的召唤，是对与虚妄进行斗争的战士的召唤，与一切诱使人的精神背离崇高的自由使命而堕入物质主义罗网的东西展开斗争。

琐罗亚斯德的声音，现在依然是一种活生生的声音，而不仅是研究昔年往事的历史学者们所感兴趣的学术话题，也不单纯是一个狭小社会中人们日常生活细节的指南。更确切地说，在所有教士中，琐罗亚斯德是第一个不顾时空距离的遥远而向全人类致辞的人。他不像穴居者，靠摩擦偶然得到的火种点燃一盏灯，由于害怕这盏灯与所有的人共享，于是如守财奴一般小心翼翼地守护着它，以供自己家用。他是黑夜的守护者，屹立在荒凉的山巅，面对着东方，每每太阳在地平线出现时，便向沉睡的世界引吭高唱光明的颂歌。他宣告说：真理的太阳是属于所有的人的，它的光明就是要将远近联成一体。这样一种预言，总会引起那些已经养成夜间活动习惯且只在黑暗中获取利益的人们的敌意。在这位先知的一生中，在他的追随者与那些醉心于宗教仪式的人们之间，始终存在着激烈的斗争，后者以传统为借口，并不掌握真理。

据说，“琐罗亚斯德是王室后裔”，而且最早改信其教义的皈依者也出身于统治阶级。然而，祭司、“诗人和迦迦罗般（Karapans）往往成功地将统治者拉到他们一边”。于是，我们发现，在这场斗争中，王国的王子们分裂成两大对立阵营，就如同我们在印度俱卢之野大战中所看到的那样。

看到宗教大师净化信仰的使命，在波斯和印度这两个社会中曾沿着相似的路线前进，我感到十分欣慰。我们已经弄清楚琐罗亚斯德怎样把献祭的内容精神化，而此前的献祭注重杀生流血的外在仪式。我们在《薄伽梵歌》中可以发现同样的内容，单纯为了自我而采取的行动，会禁锢我们的灵魂；为了捐弃自我而进行的无私行动，才是真正的牺牲。

The deeds that are done solely for the sake of self fetter our soul; the disinterested action, performed for the sake of the giving up of self, is the true sacrifice.

而在这部经典中，祭祀（*Yajna*）一词的含义发生嬗变，有了比其词根更深远的意义。

《薄伽梵歌》里面说，单纯为了自我而采取的行动，会禁锢我们的灵魂；为了捐弃自我而进行的无私行动，才是真正的牺牲。因为世界本身即出自梵天的自我牺牲，它并没有别的意图；所以说，在履行自我牺牲的责任之时，我们认识了梵天的精神。

琐罗亚斯德波斯的“理想”具有道德的特色。它召唤人们传布并维系正义王国之时，怀有永恒的善的精神工作，反击所有来自恶的进攻。这一理想，使我们在向全世界传布神的恩惠时，获得了神的合作者的地位。

这一点，对于智慧之人和费心思索之人都很清楚；
他，用自己的全部力量不懈地维护真理，
他，用自己的言语和行为极力维护真理，
他，的确是你最宝贵的助手，啊，阿胡拉·玛兹达！

对我们来说的一个极为重要的事实是，人类世界处于连绵不断的战争状态，战争的一方要拯救我们，而另一方要把我们拖入灾难的深渊。我们的唯一希望在于这一事实：倘若我们选择正确的道路，阿胡拉·玛兹达就会站在我们一边。

这一宗教积极崇高的方面，反映了民众自身的品格，可他们后来到处征伐，凭借刀剑的力量建立起庞大的帝国。他们十分认真地接纳这一世界；他们对生活满怀热情，对自己的力量充满信心；他们属于亚洲的西半部，而他们的影响穿越毗邻的犹太文明抵达西方大陆；他们的理想是斗士的理想；他们凭借意志和牺牲行为之力，夺取今世的幸福（*haurvatat*），并获得在天国的永生（*ameratat*）。这是西方最美好的理想，是崇高的战斗真理。天堂，只有通过征服才能得到。那一神圣任务是留给英雄们的，他们在战斗中将站在正确的一方，拿起正确的武器。

印度历中曾经有过一个英雄辈出的时代，这一神圣的战斗精神是由梵语文学中最伟大的诗人唤起的。对于他的战斗理想与琐罗亚斯德所弘扬的理想相似这一点，我们不应当感到惊讶，他的诗歌开篇触及的问题是，天堂必须由英雄从恶魔的侵袭中拯救出来。这是人类的一个永恒的问题。当“真”神萨蒂（*Sati*）与善神湿婆（*Shiva*）分裂之时，恶魔欣喜若狂，天堂遂告陷落。倘若想让英雄诞生，以拯救所有真与美的事物，“真”与“善”必须缔结良缘。在企图以激情为媒介来缔结这桩婚姻时，神的愤怒被激起，结果便上演了一出令人失望的悲剧。最终，经过苦修的净化，婚礼得以举行，英雄得以出世，并且在与恶势力展开斗争后，天堂失而复得。这是一篇为道德准则而进行战斗的理想的诗歌，琐罗亚斯德就是这一理想的第一个伟大的先知。

我们应当承认，这一理想在西方比在印度更为强有力地控制人的生活——在西方，生命活力从大自然得到最充分的扶助，剩余的精力遂在无休止的各种活动中找到自身的快乐。然而，在世界的任何之地，未曾实现的理想竟然是一种灾难的力量。它甚至在繁荣的腹地，暗自聚集自己的力量，首先扼杀灵魂，然后驱使人们走向完全灭亡。当意志的积极进取的活动，自然而然地伴随着肉体的活力，未能承担自己的理想责任时，它就孕育出对物质难以餍足的贪心，导致对身外之物毫无意义的奴役，直至野心的大厦在利益冲突的熊熊烈火中土崩瓦解。

对于这一点，琐罗亚斯德的先知之声提醒我们，人类的所有活动必须设有一个理想的目标，就是其自身的终结，因而，它既是安宁，也是永生。正是体现对爱的认识的《歌院》(*House of Songs*)，通过“善”的全力奉献才完成这一目标。

啊，玛兹达，你拥有的生命的所有欢乐——过去的欢乐，现在的快乐，以及未来的欢乐。由于你对我们的爱，你真的让所有的人都分享。

另一方面，我们生活在东方热带地区的人们，不存在体能倘若我们选择的这一渠道通往内心世界，我们的精力也必然会在行动中有所表现——这不是为了获取来世的回报，而是为了证实自己的真实存在。

If the path of the channel we have chosen run withinwards, it also must have its expression in action, not for any ulterior reward, but for the proving of its own truth.

过剩，因此我们必然不会在物质活动中宣泄我们的精力。但我们也有我们自己的理想。我们的前进之路，与其说要不断经历善与恶的战斗，毋宁说要通过精神的内在凝聚，通过平息欲望的骚动，达到我们存在的宁谧境界的无限，从而实现万有的和谐相处。同样，此刻，未曾实现的理想诅咒地追随着我们。正如一个旺盛生命力的活动，有可能变得没有意义，因而物质数量的繁多使灵魂得以窒息；同样，欲望之火熄灭后的宁静，可能成为死亡的寂灭，而我们所愿意生活的精神世界，变成了一个充满断断续续的梦幻世界。

压抑欲望和控制激情的消极步骤，只是为了节省我们的精力，使之不致散佚，并将其导入适当的渠道。倘若我们选择的这一渠道通往内心世界，我们的精力也必然会在行动中有所表现——这不是为了获取来世的回报，而是为了证实自己的真实存在。倘若行动的考验被取消，且我们的认识变成纯粹的主观性，那么情况就可能变为如同暗夜中在沙漠里旅行，我们会围着同一个圆圈不停地转来转去，却还以为自己一直沿着通往目的地的笔直路线前进。

这正是《薄伽梵歌》中的先知讲述如下话语的根本原因：

无论谁能摒弃所有欲望，轻装前进而又无所向往，无私无我不行利己主义，他便会得到心灵的宁谧。

然而，他并不就此停止，又接着说道：

将所有的行动都交由我承当，让你的思绪依傍“至高无上的自我”，摆脱企盼与利己主义的束缚，治愈精神上激动兴奋的热病，然后再轻轻松松地投入战斗。

肯定要有行动，我们必须进行战斗——不是激情和欲望驱动的战斗，也不是傲慢的自我张扬的战斗，而是在“永恒”面前履行责任的战斗，宁静的灵魂无私的战斗，这战斗帮助我们实现与最高本体的合一。

这一方面，琐罗亚斯德的教诲，也就是有关战斗的神圣教义，旨在合一。他所宣扬的战斗目的，体现在《歌院》之中，体现在精神合一的交响之中。他唱道：

你若热望与“善智”结盟，与“真理”交友，
你若热望维系“神圣的事业”，
那就摒弃所有的愤怒和暴力，驱除所有的恶意与纷争！
啊，玛兹达，我要把这样的慈悲之人带入“歌院”！

毕竟，历史的详情细节的事实是学者们的战场，不是我的领地。我本是一个歌手，而且我总是受到出自《歌院》的音乐曲调的吸引。当东方和西方涌来的两股“理想”的清流，在深邃而富有意义的和谐中将自己的淙淙之声汇合起来时，我的灵魂感到极大的喜悦。

在物质财富的王国，人们为自己占有的物品以及自己独享的权利而感到荣耀，但同时又有所戒备。遗憾的是，有些急躁的人，甚至将攫取财富的得意、宗派主义的世故，带入了精神真理的领地。倘若有个中国人因为能证实太阳在他自己的祖国升起得较早，便宣称太阳应归其所有，能说他神志正常吗？

至于我本人，每当发现我与世界上最优秀的人物所见基本一致时，我就感到自豪。他们的职责，就是要团结小人，劝告他不要气势汹汹，不要像多刺的灌木，自负于差异的微不足道之处，结果反倒互相伤害。

第六章　幻象

我希望，我的读者读过以上篇章后已经明白，我不是学者，也不是哲学家。他们不应当指望从我身上，得到只有在广阔的研究领域中才能采集来的果实，或只有在艰难的知识探索中训练有素的智者那里才能带来的财富。我的幸运是，借助那些诚挚信奉宗教真谛的人们的体验，宗教这一学科不但变得有趣，也变得有价值。我感到歉意的是，在我的一段人生经历中，我始终是通过我的人生成长，而不是借助传承传统或外部输入来认识我的宗教的。

人已经使地球的整个表面为己所用，因而可以无视气候的界线；人与狮子和驯鹿不同，他有创造自己特殊的皮肤和气温的能力，包括他肆无忌惮地借用当地栖居动物的皮毛以及盗用它们的脂肪。

人的王国也在时间范围内持续地扩展，他运用自己大量过剩的记忆力，从中可以发挥自己的巨大能力，能够从世界各地借用历史的财富。他生存在历史的世界中，生活在持续记忆的环境中。动物只是通过自己种族的繁衍占有时间，而人却通过前进旅程中沿途建立的、自己心灵的纪念碑来占有时间。人的知识与智慧的博大精深，是由于其根系伸入进源远流长的历史领域，并从中汲取生命之液。

人还有自己另外的居所，它存在于需要内在认识的领域里，存在于具有非物质价值的王国中。在这一世界，他的意识常常如同一粒种子，从心智的表层土壤中突然萌芽，成长进入拥有光辉的自由的心灵中，而个人注定要从“宇宙的人”身上认识自己的真理。我希望，在我讲述自己的一次亲身经历时，会让你感到有趣。这是我亲自体验到的一次内心突如其来的精神喷发，就像一条常年流淌的地下暗河突然涌出地表。

我的家族在我出生时，正认真地宣扬着一种以奥义书哲学为基础的一神教。不知道什么缘故，我的心灵最初一直保持着自己的清高孤傲，丝毫不受任何宗教的影响。正是由于我特有的气质特性，我拒绝接受任何宗教教导，并非仅仅因为我周围的人对此信以为真。我难以想象，因为我可能信赖的每一个人都相信宗教的价值，我便应当信奉宗教。

因此，我的心灵是在一种自由的氛围中成长起来的——这种自由，是指不受任何信条主宰的自由，不论它被某种经典确切的权威所认可，还是被某个组织良好的信徒团体所接纳。所以说，对我质疑的人，完全有权利不相信我的幻象并拒不接受我的断言。这种情况下，为大量人群所敬重的特殊书籍的权威，可能就比个人的断言更有分量，所以我从不要求任何说教的权利。

当我回首那些岁月时，我似乎觉得我在无意识地沿着自己的吠陀时代远祖的道路前行，并有了让人联想到热带天空以及更为遥远彼岸的启示。聚集的乌云低垂着，蕴涵着即将倾盆的雨水，风暴突然扫过，椰子树猛烈地晃动，阳光炫目的夏日正午，渗透着极度的寂寞，秋天的薄薄露水珠帘的背后，迎来的是静默的日出，所有这些奇观，使我的心灵，充满着亲切、似无所不在的同伴之情。

在随后为我举行入法礼时，一首伽耶德利冥想诗递到我的手中。按照我所能够的理解，这首诗的意思如下：

“让我冥想创造大地、风云和星空的‘他’，并赋予我们心灵的能力以理解‘他’的奇异光辉。”

这首诗在我的心中激起一丝沉静的兴奋感，导致我每日对“无限存在”进行冥想，我的心灵，在一条创造的河流中，与外在世界相结合。虽然今天我要毫无困难地将这一存在视为一种无限人格，其中主观与客观得到完美的协调，但在当时，对我来说，这一观点是模糊的。所以说，它在我的心灵中所激起的感觉流向是不确定的，就像风的流动——大气需要一个确定的世界以实现其完整的环流，并使我满意。显然，我的宗教是一个诗人的宗教，它既不是一个正统的、虔诚的、人的宗教，也不是一个神学家的宗教。我的宗教对我的触动，就像我的诗歌的灵感对我的触动，它通过同样的视而不见、无迹可求的通道降临我的心中。我的宗教生活就像我的诗人生活一样，一直沿着相同神秘的成长之路前进。不知出于什么原因，它们相互结合到了一起，尽管它们的订婚仪式曾经旷日持久，还对我一直保密。

我十八岁时，一股突如其来的宗教体验的春风第一次闯入我的生活，在它消退以后，我的记忆中留下了一个关于精神存在的直接启示。那一天初晓时分，当我伫立观看太阳从树丛后放射出万道光芒时，我突然觉得，仿佛某种经年累月笼罩在心中的迷雾，刹那间从我的眼前消散，照耀世界的晨光显现出一种内在的喜悦之色。由常识构成的隐而不现的屏蔽，从所有的事物和所有的人的身上移开，它们的终极意义在我的心灵中得到强化，这便是美的定义。这次体验中令人难忘的东西，即是宗教的人性启示，我的意识在人的超个人的世界中猝然扩展。我在自己的奇异体验发生时写下一首诗，名曰《瀑布的醒来》。

瀑布的灵魂，蛰伏在冰雪封冻之中，与外界隔离；当瀑布受到太阳的抚摩突然化作自由的活水飞流直下时，它在中途永不停歇的牺牲奉献中，在与大海的持续汇合中，找到了自己的归宿。四天之后，这一幻象消失了，我的心灵眼睑闭合了。黑暗之中，世界再次披上由寻常事实构成的朦胧伪装。

我年龄稍大些的时候，受雇于一些村庄承担负责工作，这里的时间之河流动缓慢，欢乐和悲伤都透露着质朴又强烈的明暗对比，我就是在这样的一个地方工作的。对我极具特殊意义的那个日子，依然从往常生活中所有流动不停的琐事开始。我早上的例行工作结束后，就在我要沐浴之前，我在窗前伫立片刻，眺望着集市，它正好位于一条干涸河床的岸边，随时准备迎接河道中因降雨形成的第一股洪流。突然间，我意识到自己体内灵魂的一阵悸动。我的经验世界在刹那间似乎被照亮了，相互分离且模糊的事实形成了一个富有意义的伟大统一体。我当时的感觉，就像一个浓雾中漫无目标地摸索前进的人，突然发现自己就站在自家门前。

我依然记得我的童年时代，终日苦学一年级的课程，课文中布满了孤立的单词，拼写的重负压得我透不过气来。上午的时间对我来说似乎是一纸曾经鲜亮的书页，变得灰尘满面，暗淡无光，其色彩消退为一堆互不相关的符号、污迹和间隙，陈旧的内容毫无意义，令人厌倦。突然，我想到一个由合成词构成的押韵的句子，可以将其翻译为——“雨水哗哗，树叶沙沙”。我立即进入了一个可以让我恢复自己全部意义的世界。我的心灵触及具有创造性的表现领域，在那一时刻，我不再是身体被关在教室而心灵又受到拼写课压抑的学童了。被雨水击打得颤抖的树叶，构成一幅富有韵律的图画，在我的心灵中打开一个世界，它不但给我以启示，而且与我的存在形成一种和谐。毫无意义的碎片失去了它们各自的孤立状态，我的心灵陶醉在一片幻象的和谐中。与此相似，在那天早上的这个村庄里，我人生中的种种事件，突然在明晰的真理合一中呈现在我的面前。以前似乎如同飘忽不定的波涛一样的事物，全都在我的心灵中显现出与无边无际的大海的关联。我确信，某个充分了解我和我的世界的神，正试图在我的所有体验中寻求其自身的卓绝表现，并将我的这些体验合一为不断放宽的个性，而这种个性便是一件精神艺术品。

对这个“神”，我是负有责任的；因为在我身体中的创造，既是我的，也是他的。很有可能是这样，同一个创造的“精神”，按照自己的永恒观念塑造着宇宙；然而，在我身上，即作为一个人的身上，它有着自身与人建立关联的一个特殊的中心，可以演变为一种不断深化的意识。在既往的岁月中，我有过种种忧伤，它们在我人生的漫长而酷烈的路径上留下记忆，可我当时却感到，我在悲痛中适合投身于创作的苦役，它不断超越我自己的个人界限，就像群星纷纷迸发的光芒会照亮宇宙的历史一样。我对人生抱有超然的态度，对此感到莫大的喜悦，因为我领悟到了忧患和创作这两者默契的伙伴关系的奥秘。我觉得，我终于找到了自己的宗教，即人的宗教；在这一宗教中，无限受到人性的限定，与我的关系变得密切起来，以便得到我的爱与合作。

我的这一思想，在我日后的一些诗歌中表现出来，是写给我题名为“生命女神”（*Jivan devata*）的诗篇。我完全知道，我自己的外语运用是蹩脚的，所以我在献上下面一首译诗时不无踌躇，但我确信，通过诗歌这一自我记录的工具所显现出来的任何证据，都比通过有意识的提问所强逼出来的答案更为可信：

你是我的生命最内在的“灵魂”，你满意开心吗？我的生命之神？

我将自己的杯子献给你，里面盛满了痛苦与欢欣，酒浆乃碾碎我心的葡萄才得以酿成；

我用色彩与诗歌的音律为你编织一袭床罩；

我用自己的各种欲望的熔金作为玩物供你消磨时光。

我不知道你为什么将我选作你的伙伴，我的生命之神！

难道你为了你的艺术的神奇变幻才来收藏我的白昼、黑夜、业绩与梦幻？并将我的秋歌和春歌与你的音乐之链相连？

再将我成熟时刻的花朵采集下来装饰你的王冠？

我看见你的双眸凝视我心中的隐秘，我的生命之神，不知道我的失误和过失是否可以得到原谅。

有许多白日不曾向你膜拜，有许多黑夜竟然将你遗忘；

本该向你献上的花朵在寂寞中枉然凋谢。

我的诗琴已经疲惫的弦，常由于演奏你的乐曲而松懈。

荒废了时间的废墟旁，我常在凄凉的夜晚清泪盈眶。

可我的时代是否终于结束，我的生命之神？

我拥抱你的双臂已经软弱无力，我对你的亲吻已经失去了真诚。

就暂别今天这个沉闷日子里的会面吧。

让我身上的旧物以新的欢乐形式再生；并以新的生命仪式，再次举行婚礼。

你们从这首诗可以了解到，我曾经怎样地一直在无意识地接近这一认识。七月的一天，一个闲暇的时刻，东方地平线上的晨云愈积愈厚，一片轻轻拂动的云影映在微微摇晃的竹枝上，一群兴奋不已的乡村少年正在吵吵嚷嚷地从河畔拖来一条陈旧的渔船。就在此刻，我说不出当时为什么会有一连串不期而至的想法，犹如一支陌生的商队，驮着一笔来自无名王国的财富，穿越我的心田。

从幼年时起，我就感到有一种强烈的敏感，它使我的心灵一直因为能意识到我周围的自然世界和人类世界激动不已。我们的住房有一个小花园，它对我而言简直就是一个仙境，各种美妙的奇迹每天都在发生。

几乎每天早晨，天色尚且昏暗之时，我就从床上一跃而起，匆匆向外面奔去。迎接黎明的第一缕微红的霞光，从花园边排成一行的棕榈树那瑟瑟抖动的枝杈间穿越而来。此时，晨风乍起，吹拂着露珠，草叶晶莹闪亮。天空似乎给我送来了我的伙伴之谊的召唤，我的全心——实际上是我的全身——往往一口气就吸入了那沉寂时刻所流溢的光明和宁谧。我努力绝不错过任何一个早晨，因为每个早晨对于我都是弥足珍贵的，比守财奴眼中的黄金还要珍贵。我确信，当我与超越我自身事物之间的屏障消失时，我感受到了比自我更大的意义。

幸而我拥有一种好奇感，它给予一个儿童某种特权，让他进入位于“存在”深处的奥秘宝库。我不看重学校的学习，因为它粗暴地将我与自己的世界背景相隔离；我对此感到十分痛苦，就像生物研究所一只被关在笼中的兔子。这或许可以解释我的宗教意义。这一世界对于我来说是活生生的，它与我的生命密切相关，弥漫着一种不可思议的亲切感，提升了我自己的存在价值。

诚然，这一世界也有其非人格性的真理一面，专门有从事非人格性科学的人们对此进行研究。父亲与自己儿子的关系是一种人际关系；作为一名医生，他可能将儿子这一客观事实从他们的关系中分离出来，于是孩子便在他面前成为一个抽象概念，仅仅呈现为一个具有生理机能的活体。当然，我们还不能这样说，如果他在不断从事自己职业的过程中完全抛开与儿子关系的私人成分，他作为一个医生所接近的真理，就一定比作为一个父亲所接近的真理更伟大。有关儿子的科学知识，是关于一个客观事实的信息，而并不是对真理的认识。他在与自己儿子的亲密感情中接触到了终极真理——万有关系的真理，宇宙和谐的真理，即创造的根本原理。真理，不仅仅是体现一个元素真相的质子和电子的数量，而是这些质子和电子之间相互关系的不能予以分析的奥秘。我们注定在我们的爱以及欢乐中，意识到存于我们心中的这一关于万有关系的真理。根据这一体验，我们完全可以说，联系万物、包容宇宙的“至高无上的一”就是所有的爱——作为体现最完美关系的最高真理的爱。

我现在依然记得我的童年时期，一个学医的学生给我拿来一根人的气管，想要我好好欣赏它的组成结构，可结果是我受到了令人恶心的震惊。他力图劝我相信，人类优美动听的声音便来源于此。可我真的不能容忍工匠占据了为艺术家准备的宝座，艺术家将机械结构隐藏起来，以机械不可言传的合一艺术性地将作品展现出来。神并不介意持续暴露那些用地质铭文写就的有关他的力量的记录，却也不无自得地快意于美的表现，将美展现于碧草、花朵、色彩变幻的浮云，以及发出潺潺乐声的流水间。

至于谁或什么触动了我的心弦，我对此的感知颇为模糊，就像婴儿不知道自己母亲的名字，也不知道她是谁，是做什么的。我一直有这种感觉，对我的人格有着深深的满足，它从所有的方向通过活生生的交流渠道注入我的天性中。

恐怕科学家会提醒我，忽视生命与非生命、人类与非人类之间的差别，是原始心智的一个标志。我虽然对此予以承认，但还是指望这并不是一种绝对的谴责，而是恰恰相反。有可能正是科学自身的真实直觉，即一种直觉的逻辑，使得原始心智如此认为：人性完全可能变成一个客观事实，仅仅由于存在一个与人类理性及意志相互和谐的、普遍性的、人的真理。对于宇宙的构成细节，有一些可以说是非人类的，但不是它们的本质方面。骨骼与肌肉不同，但它们在人体中却构成一个有机的整体。我们的欢乐之感，我们的想象力，都与人类心智所理解的宇宙，形成一个深邃的有机统一体。如果不将细节显现的差异缩小到最低限度，我们完全可以信赖心智，因为心智经常自然而然地强烈意识到一种无所不在的人格，应答着人类的人格。

实在的细节必须通过科学来研究它们的差异，但科学绝不能理解遍布于实在之中的万有联系“具有高度和谐”的这一特性，只有人的精神才能直接认识到。所以，正是人类的原始想象力——其自身体验到的生气勃勃又直接的想象力——在诗人的诗歌中呼唤：

宇宙的智慧和精神！
你的灵魂，是思想的永恒，将呼吸赋予诸多形态与意象
并使它们永远不停歇地运动。

在另外一个诗人的诗中，如此唱道：

光，是以微笑照亮宇宙的光
美，是万物在其中运动的美。

神学家可能追随科学家，摇头说我所写的一切都是泛神论。

可是，我们不要沉溺在对名称术语的盲目崇拜之中，并因此站在他们的角度便推翻活生生的真理。在我说我是一个人的时候，“人”这个词意味着，存在一种体现人的一般概念的事物，它执着地在每个独特的人身上显现自己，而每个独特的人与其他所有的个人都不尽相同。如果我们偷懒地将这样一种信念称为“人论”的话，并因这一名称而将我们的思想从这概念的神秘性转移开来，那对我们来说就没有太多的裨益。让我重申一下我的信念：由我们称谓的生物和无生物构成的这个世界，以“人”为其最卓越的表现，且已经在人身上达到了表现的顶点。人，作为一个创造物，代表着造物者，而这正是为什么在所有生物中，只有人才有可能以自己的知识、感觉和想象力理解这个世界，从而在他个人的精神中实现与一个无所不在的“精神”达成和谐。

我曾经举过这样一个例子。假设有一个来自另一个行星的陌生者访问了我们的地球，碰巧听到从留声机传出的人的声音。对他来说，所有显而易见的且似乎最为活跃的事物，就是正在旋转的唱片。他不能发现潜藏在唱片背后的与人有关的真理，因而可能将唱片这一不具人格的科学实物当作终极真理来予以接受——这一非人格的科学实物是可以触摸和度量的。他会惊奇，一台机器怎么能够对“人”讲话。随后，倘若在探寻这一奥秘的过程中，他能够与作曲家偶遇而猝然领悟这首乐曲的实质，他就会深知乐曲的意义，并意识到这是人交流的一种手段。

可以用度量的方法加以解释提供我们信息的事物，但给予我们欢乐的事物却不能单纯以原子和分子的组合事实来解释。在对这一世界的安排中，似乎什么地方存在着一种给予我们喜悦的巨大关切，它表明，在宇宙中，在物质意义和力量之外，还存在一种通过人格的神秘触动才传达出来的启示。这一触动，不能予以分析，只能予以感知。我们对这种触动的证明，就像其他行星上的人同样难以令人满意地向自己的同伙证明，地球人隐身不现，只是通过机器直接交心。

仅仅因为玫瑰花是圆形的和粉红色的，它就比能为我买来各类生活必需品或任何数量的奴隶的黄金更令我满足吗？一个人可能在一开始否定“一朵玫瑰花比一块黄金给人以更大的喜悦”这一真理。但这样的一个反对者应当记住，我不是在说人为的价格。倘若不得不穿越一个黄金沙漠，那么这些没有生气、发出冷酷之光的颗粒，在我们看来就会令人恐怖，而此间看到的一朵玫瑰花，却会给我们带来天堂的音乐之声。

我们从一朵玫瑰上所得到的喜悦的终极意义，绝不可能在于花瓣呈现为圆形，正如音乐令人欢欣的终极意义不可能在于一张留声机唱片。不知为什么，我们如此感悟道，通过一朵玫瑰，爱的语言抵达到了我们的心中。我们不是要带上一朵玫瑰去会见自己的情人吗？其原因就在于玫瑰花已经体现一种信息，只不过不同于我们的文字语言，不能加以分析。通过一朵玫瑰的这样一件礼物，我们运用了喜悦这一通用语言，达到了我们表达自己的目的。

令我庆幸的是，年轻时，一部由毗湿奴[①]派诗人创作的旧抒情诗集落到我的手中。我逐渐意识到深深隐含于这些爱情诗中显而易见意义的某种思想。我体会到了一个探索者突然发现，潜藏在本身就很优美的象形文字中的语言密码时的喜悦。我确信，这些诗人讲述的是至高无上的“爱人”，我们在自己的所有爱的联系中——如对自然之美、动物、子女、同伴和亲人之爱，以及启迪我们对“实在”意识的爱——都可以体验到这位“爱人”对我们的触动。他们歌颂一种穿越众多障碍、在人与“神人”之间永远流动的爱，歌颂一种需要互相依存、从而实现个人与“宇宙的人”完美合一的永恒关系。

毗湿奴派诗人歌颂的这位“爱人”，手执长笛，通过不同的按孔，吹奏出自然和人的美与爱的各种音符。这些音符给我们带

① 编者注：毗湿奴是叙事诗中地位最高的神，执掌维护宇宙之权，与湿婆神二分神界权力。

来了邀约的信息。它们始终不断地敦促我们，从以自我为中心的封闭生活中走出，进入爱与真理的王国。是我们天生耳聋，还是我们已经被世俗的扰攘、追逐私利的呼喊或市场的喧嚣震聋？在将他人的东西据为己用时，我们没有听从这位“爱人”的声音，于是我们战斗，我们掠夺，我们剥削弱者，我们为自己的聪明而自鸣得意；我们把从碧空倾泻而下、地下喷涌而出的爱河封堵在我们的世界之外，从而使我们的生活干枯成一片沙漠。

在自然界中，人们通过开启工厂作坊的秘密门户，可以进到黑暗的房间中，在机械的帮助下获取实用之物，但人们绝不可能如此这般来实现自己的终极目的。无论是装载无数实物的库房，还是这些实物对于我们何等必要，其中并不包括令人满足的珍宝。可还有一座“和谐”大厦，在那里，即“存在”的中心，居住着那位“爱人”。当一个人抵达这座大厦时，他会立刻认识到，自己已经来到“真理”、“永生”的面前，于是他的心头洋溢着一种喜悦之情，这喜悦就是目的，却不会终结。

仅仅了解事实，只发现某种力量属于外在世界，不属于万物的内在灵魂。令人产生喜悦之情是真理的唯一标准，我们深知这一点，就在我们触动“最高真理”发出的音乐，以及它向我们内心的真理发出致意的喜悦之情时。这是所有宗教的真正基础。它不像我们接受光明时自然而然要接受以太波；早晨并不等待科学家将它引荐给我们再出现。同样，一旦我们感受到爱或善的纯粹真实时，我们立刻就触及内心的无限实在，这并不需要神学家们的解释，也不需要对道德信条进行旁征博引的论述。

我已经声明，我的宗教是一个诗人的宗教。我对这一宗教的所有感知，均来自幻象而不是来自知识。坦率地说，对任何有关什么是恶或人死后会发生什么的一类问题，我承认自己无法做出令人满意的回答。然而，我确信，在我自己的人生历程中，曾几度出现过我的灵魂触及“无限”的时刻，并通过喜悦的启示使我强烈地意识到了这一点。我们的《奥义书》曾经这样说过，我们的心智和言语困惑地离开“最高真理”，但通过自己灵魂的直接喜悦认识真理的人，却可以免除所有的疑虑和恐惧。

在黑夜里，我们会被不同的东西绊倒，也会敏锐地意识到它们的个体分离。然而，白昼却呈现出将它们包含在其中的更为伟大的合一。心灵的眼睛沐浴在自己意识光辉之中的人，会顿悟含纳在所有差异之上的精神和谐。他的心智不再笨拙地磕绊在“人类世界相互分离”的个体事实上，而将它们视为最终目标予以接受。他认识到，静谧在于寓于真理之中的内在和谐，而不在于外部调节。他知道，美永远地保证了我们与实在的精神关系，它在对我们的爱做出回应中等待自身的完善。

第七章　我心目中的人

对于一次异乎寻常的宗教体验的迸发，就比如像我在青年时期早期的那次，困惑的心灵在某种已经确定的、寻常之物的基础之上寻求对这一现象的解释，试图将一种不期而至的内在启示来适应通名为宗教的有律条可依的信仰。所以，我在青年时期自然乐于接受父亲委任我担任的秘书之职，为他领导的一神论、一神教会的某个特殊教派服务。我主要通过谱写圣歌来参与教派的拜神仪式，于是乎我的圣歌无意间染上了正统思想的拙劣印记，即传统的“复合污点”。我在自身责任感的敦促之下，竭力劝说自己相信，我的新的思想态度，与自己社团的其他成员的思想态度是一致的——尽管我不断地被绊倒，感受到了让我有切肤之痛的各种约束。

最后，我终于发现，从我的行为看，我并不严格忠于自己的宗教，而只忠于自己的宗教机构。后者体现了一种人为的平庸，其真理标准静止不变，降到了最低限度，同时又对任何超越其界限的重大发展心怀嫉恨。我确信，在宗教中，或是在艺术中，一个团体所共同具有的东西并不重要。确实，这种共有的什么，往往是一种互相模仿的传染。在与自己的这种感受，即用面具来遮掩真理活生生的面容，进行了长期的斗争后，我中断了与自己的教会的联系。

大约就在此时，有一天，我恰好听到一位属于孟加拉巴乌尔派乞丐的一首歌。在现代印度宗教中，我们的诸神拥有不同名称、外貌和传说，其中一部分源于雅利安文化，另外的则属于土著文化。它们有自己教派的特殊语言和种种联想，从而给予那些习惯于他们的催眠作用的人以情感上的满足。其中一些对我可能具有审美价值，而另外一些则对我可能具有哲学意义但却充斥着神话传说中令人极度分散心神的内容。然而，在这首质朴的歌中，让我心动的却是宗教的表达方式，既不十分具体，贯穿着粗糙的细节，也不是纯粹先验主义的深奥莫测。不仅如此，这首歌还充满了真挚的情感。它诉说了人的心灵对神的强烈向往：神就在"人"中，而不在寺庙经典之中，也不在偶像和象征之中。这位敬神者将自己的歌献给"理想的人"，歌中唱道：

众多庙宇和寺院阻塞了你的道路，

教士和祭司愤怒地将我团团围住，

我既听不到你的召唤又举步维艰。

他并不遵循任何宗教仪式传统，而只相信爱。根据他的说法：

爱是魔石，轻轻一触即可将贪心点化为牺牲奉献。

他进而说道：

为了这爱的缘故，苍天渴望变成大地，诸神企盼变为人类。

从那以后，我经常想要遇见这些人，想要通过他们的歌了解他们，那是他们唯一的敬拜方式。人们往往惊异地发现，许多这类诗歌的感情和措辞表现了显著的独创性；因为他们在鼎盛时期的表现方式自然是独具个性的。其中一首歌是“永恒的青春”赞歌。它唱道：

啊，我的花蕾，我们崇拜“青春”；
因为“青春”是生命圣河的源泉；
极度的欢乐从“青春”中流出。

它又唱道：

我们从不向青春奉献成熟的稻谷，既不奉献水果，也不奉献种子，

我们只奉献自己心中的莲蕾。

一天的青春时刻在于晨，

正是我们礼拜“他”的时刻。

“万象”在对“他”的冥想中涌现。

它将“青春”精神称为“无限之莲”（*Brahma Kamal*）。莲花之心已臻于完美，但它还要不断生长，展开自己的片片花瓣。

印度历来就有人从不撰写有关“人”的宗教的学术文章，但他们对于造就这样的宗教却有着强烈的欲望和实用的素养。他们以自己的生命证明，他们与存在于众人之中的“原人”亲密无间，无形的“人”寓于有形的个人身上。印度中世纪时期的诗圣罗奢博讲到“人”时这样说道：

神人（*nara-narayana*）是对你的定义，这不是欺骗而是实情。无限在你的身上寻求有限，完美的知识在你的身上寻求爱心；当有形与“无形”（个人与宇宙）合为一体之时，爱心就因

虔诚而得以实现。

同时代的另一位诗人罗维达斯唱道：

啊，神人（*narahari*），你看见了我，我也看见了你，我们于是相互倾心。

对于这一神人，一位孟加拉乡村诗人说道：

他就在我们心中，一个深不可测的实在。当我们打开自我的枷锁，以真诚之爱与他人见面时，我们就认出了他。

他的一位诗友说道：

神人在我心中寻找我这个凡人，而我却迷了路，匆匆离去。

另一位歌手则歌唱“理想的人”，如此唱道：

圣典怎么能够知道在人间游戏的神的意图？

正是为了追求生命的尊严，我们才将自己属于人的伟大真实中的意识加以扩展。

It is for dignity of being that we aspire through the expansion of our consciousness in a great reality of man to which we belong.

听呀，兄弟（昌迪达斯[①]宣告说），人的真理是最高真理，再也没有比它更高明的真理。

所有这些，都是对唤起渴望与爱的真挚感情的人性客观真理，被直接感知的证明。这与我们在对人性的理智崇拜中所发现的大不相同，就像驱赶影子时却悲剧性地失去了自己的身体。

诗人华兹华斯说：

我们靠仰慕、希望和爱生存，
只要妥帖而明智地执着于它们，
我们就能在生命的尊严中升华。

正是为了追求生命的尊严，我们才将自己属于人的伟大真实中的意识加以扩展。我们通过仰慕和爱，通过翱翔于现实之上的希望，通过超越我们自己的生命期限，进入无穷无尽的时间，使我们的生命得以在所有后人的身上延续，实现生命的尊严。

这就是人格的无限视角，人在自己的人格中找到自己的宗教。科学可以将星球世界以及更为遥远的世界囊括到自己的认

① 编者注：昌迪达斯，爱情诗人。

识领域，哲学可以尝试发现作为万物基础的某一普遍原理，但宗教无可避免地专注于人性，启迪我们的理性，引发我们的智慧，激励我们的爱，要求我们奉献智力的礼仪。有一种非人格的概念，我们称之为法则，可以在探索氢原子深不可测的内部结构，以及探索遥远的、沐浴在旋转腾飞的火海中的原始世界时，通过非人格的逻辑予以发现。但正如我们爱人的生理结构不是我们的爱人一样，这一非人格的法则也不是我们的神，*the Pitritamah pitrinam*，“天父最终是所有的父亲和母亲”。对于他，我们不能说：

> *Tad viddhi pranipatena pariprasnena sevaya* —
> 凭借敬意，凭借求知之欲，凭借礼拜，来认识他——

因此，这只能与同时既是神又是人的神有关；倘若这一信仰被谴责为拟人论的话，那么“人”就因为是“人”而受到谴责。同样，爱人也应将自己亲爱的人当作一个人，并非一则生理学原理来爱而受到谴责。在我们所知所感的一切方面，我们绝不会超越“人”的范畴。对此，一位孟加拉托钵歌手唱道：

> 我们的世界就像我们所理解的那样；思想与存在浑然一体。

倘若人不复存在，一切都将消失在无意识中；而在你自己的呼唤得到回应之时，你就会理解“实在”的意义。

按照他的意思，我们所谓的自然，不是一个哲学的抽象概念，不是井然有序的宇宙，而是作为自然呈现在人面前。事实上，自然为人所包容，所以就出现了人的心灵与自然的浑然一体，人在它们的合一中发现了自己的存在。倘若人不能将自然纳于胸中，不能通过自然来感知自身存在的完满，他在人性方面就真的要大打折扣了。人的文学艺术不断地表现人与他的世界之间的亲密交流。吠陀时代的诗人在他的太阳颂歌中呼喊：

啊，太阳，你养育着地球，你踽踽独行，请收回你的光芒，将你绝伦的美，向我展现出来，并让我认识到，在那里的“原人”，就是我这个“一”。

我们应以自己的人格获得解放的意识，来认识寓于万有中心的“原人”。我们知道，科学的最高使命就是发现为人的理解所包容的宇宙，弄懂人的伟大的精神体系（*visvarupa*），因为人的精神体可以触及时间与空间的边缘，并可以将整个世界囊括于胸。

最早来到印度的雅利安人，以雨、风、火和各种宇宙力量命名为自己的神；十分奇怪的是，这些神都没有自身确切的形象。后来，人们逐渐认识到，倘若一个个地分别来看，这些神并没有自身独立的、互不相关的力量，但却存在一个名为“梵”的无穷无尽的力量源泉。宇宙神性发展成为了一种非人格的概念；本来是物质的东西，嬗变成为一种形而上学的抽象概念，恰似现代科学中的物质演化成为数学体系。按照那些印度人的说法，“梵”既不能为心智所理解，也不能用言语来描述，甚至不能像物质那样因为接纳终极分析而被证明。

这一把所有的非人格现象都与自身相联系的观点，被当作可能是不可知原理的想法，不论多么令人满意，它还是将具有人性的人遗弃在缥缈的虚空之中。不可否认，我们绝不能从内部认识这一世界中的事物，我们只能认识它们呈现在我们面前的外观。事实上，在所有的知识领域中，我们只能根据有关自我的知识水平，认识我们自己的我。宗教在这一自我之中寻求人类存在的最高价值，这是人可以从内心直接意识到的唯一真理。人曾这样说过：

Purushānna parā kinchit
sā kāshthtā sā para gātih
没有什么可比“原人”更伟大；

他就是至高无上者，他就是终极目标。

正是一位东孟加拉乡村诗人，在一首歌中唱出了宇宙的实在寓于它与“原人”相联系的哲学学说中。我将这首歌翻译为下列诗句：

天空和大地全都出自我自己的双眼，
软硬和寒热全都出自我自己的身体，
香气和臭气全都出自我自己的鼻端。

这位诗人歌颂自己内心中的“永恒的原人”，说他走出来并出现在自己的眼前，恰似吠陀时代的圣人。在提到“原人”时，他说他存于自己的心中，也寓于太阳的中心：

我已看到幻象，
我自己的幻象将它自己显现出来，
从我的内心出来。

在印度，一些人致力于将他们具有人格的自我，与没有任何性质或界定的非人格的存在完全合为一体，他们还致力于将真理既是有限的，同时又是无限的；它既动又不动；它在远方，又在近处；它在所有客体之内，又在它们之外。”

Truth is both finite and infinite at the same time, it moves and yet moves not, it is in the distant, also in the near, it is within all objects and without them.

大脑达到摆脱一切活动变成绝对空的境地。那些宣称自己有权如是说的人说，这是意识的至纯状态，它是极度的喜悦而没有任何对象或内容。这一状态被认为是瑜伽的终极目标。瑜伽即是结合崇拜，将一个人的存在与根本不可思议、也不可名状的无限“存在”完全联系在一起。如此地出于对绝对的极乐感伴随而来的超验意识的认识，是印度一个由来已久的传统，并且拥有确凿的证据，不容任何相反的驳难加以否定。我对这种认识的真实性并无异议，一直认为，它作为一种伟大的心理体验很可能具有价值。但它仍然不是宗教，就像有关原子的终极状态的认识，对于一个专门与原子生成的形象打交道的艺术家来说，毫无用处。真空条件，对于研究万物在最初纯粹情况下的状态是必需的，对于人的精神也可以做如是说，但最初的状态未必就是完美的状态。具体形式是一种比原子更为完美的表现形式，而人作为人也比他消失在初始的模糊状态中更加完美，而作为此时的人比他消失在最初的模糊不定时的状态更为完美。这就是为什么《伊莎奥义书》[①]说：“真理既是有限的，同时又是无限的；它既动又不动；它在远方，又在近处；它在所有客体之

① 编者注：被认为是印度古代哲学典籍《奥义书》的基石。它以简短而深邃的诗歌形式写成，是整个吠陀文化最精简的浓缩本，被誉为吠陀文化的“钻石”。

内，又在它们之外。”

就是说，作为理想的完美是静止不动的，但实际上它在不断地朝着圆满发展，所以说它在动。对于“至高无上的人”，我认为，他实质上是无限的，而他在我们个人身上的表现却是有限的。正如《伊莎奥义书》所表明的那样，一个人必须过完自己的全部生命期限，不怀贪心地劳作，才能在寓于所有人心中的神的身上认识自己。这意味着，他必须以自己种种的无私活动在自己的人格中显示出“至高无上的原人”。

第八章　音乐制作者

一粒沙子倘若没有整个物质世界作为自己的背景，它什么都不是。我们通过自己感官的证明来认识宇宙万物，这粒沙子就是在如此的宇宙背景下为人所知的。当我说这粒沙子存在时，整个物质世界都会给这粒沙子外观背后的真实性作保。

当然，我的人格具有神秘的认识能力，可这粒沙子在呈上自己的鉴定证书之前，我自己的人格的真实性保证又在何处？必须承认，我的这一具有人格的自我真实性，也有一个人格背景，其中，与对其他事物的认识不同，认识只能是直觉和自我显现的。

所谓人格，指的是内在于人的一种具有自我意识的超验合一原理，它包括认识与感觉、愿望与意志，以及行为等单独属于人的事实的所有细节。从消极的方面说，它局限于个体的分离状态；而从积极的方面说，它总是通过增加知识、爱以及各种活动，从而在无限中扩展自己。

因此，在所有与我们相关的事实中，一个最能显露人的本性的事实是，我们的确向往自己尚未达到的无限境界——并且在已经所获得了什么的基础上锦上添花。在所有的生物中，人这一生物，生活在无穷无尽的未来。我们生活的现在仅仅是未来的一部分。尚未诞生的思想，尚不具实体化的精神，坚持不懈地撩拨着我们的想象力，在我们的心目中竟然比我们周围的具体事物更为实在。未来的空气须始终环绕我们的现在，才能使现在生机勃勃并有名垂千古的想法。凡是自身具有旺健的人性活力的人，都有一种强烈的直觉信念，他从理想的角度上讲是无限的。这正是为什么我们最伟大的导师要从我们这里得到一种触及无限的表现。借此，他们向“至高无上的人”表示致敬。我们对他的真诚崇拜，在于我们有不屈不挠的勇气追求伟大境界，因而体现了人性中崇高的一面，并使通往尚未达到境界的自由之路永远开放。

我们印度人在属于我们自己的世界里，对于怯懦的正统宗教，以及它对人的无理性的压抑和它在漫长、又死气沉沉的世纪里的影响，是怎样通过对过去的盲目崇拜来使人矮化的，有过可悲的体验。它在“停滞”的中心正襟危坐，将人的精神牢牢地束缚在旋转的习惯之轮上，直至她晕厥过去。就像一条被腐烂杂草拥塞的、水流缓慢流淌的小溪，被分隔成若干浅浅的污秽的水塘，无声无息地笼罩在令人昏昏欲睡的迷雾中。这种当我们听任荒谬的岁月围绕着所有的生命反复地编织毫无意义的网状图案时，我们的灵魂便萎缩了。

For our soul is shrunken when we allow foolish days to weave repeated patterns of unmeaning meshes round all departments of life.

机械的传统精神，实质上是物质主义的；它盲目虔诚，却并不崇高，被非理性的幽灵所困扰，以可怖的宗教伪装纠缠着愚昧的弱者。当我们听任荒谬的岁月围绕着所有的生命反复地编织毫无意义的网状图案时，我们的灵魂便萎缩了。当我们没有自己深感兴趣的目标，没有对更高远的生活憧憬时，我们的灵魂就变得迟滞。它需要心灵的清澈和极大的关注，以使自己得到养护且变得成熟。当我们让自己的动物激情迸发出来，以享受转瞬即逝的快感，并鲁莽地将所有本来可以避免将永远熠熠生辉的东西化作灰烬时，我们的灵魂毁灭了。这样的事情不仅发生在身心被束缚且可以不负责任的个别凡夫上，或渴望得到绚烂的虚幻事物的少数庸人身上，而且发生在其种族毫无生气的一代又一代的人们身上。他们已经完全失去了强调自身的意义，因而也失去了自己的未来。

我们的太平盛世的领域，在于连续不断的未来；对于我们而言，它要比我们从历史上有关现在的片断中所看到的更为实在。它就在我们的梦中。它就在创造完美的信念的领域之中。我们已经看到关于人类太平盛世之梦的记录，也就是一些被遗忘的种族曾经怀抱的理想现实，他们通过理想的庄严和展现出来的美，在自己生命的尊严中表达仰慕、希望和爱。在这些种族相继消逝以后，他们在自己的身后留下了丰功伟绩，要求后人承认他们是梦想家——当然不是作为尘世王国的征服者，而是作为天堂的设计师。下面这位诗人给我们提供了人的最佳定义，他说：

我们是音乐制作者，

我们是奇境梦想家。

我们的宗教为我们展现了理想的合一之梦，这便是表现为无限的人本身。我们为罪恶之感所苦，就是一种缺乏合一之感；此刻，任何破坏性的狂怒，将我们人身上的“合一”梦幻撕开若干缺口，使我们的自我脱离宇宙的人性。

《奥义书》上说，“勿贪”（*Ma gridah*）。因为贪婪将我们的注意力从自己人格的无限价值转向物质诱惑。我们的乡村诗人唱道：“我的心啊，如果你关闭欲望的门户，人就会灿然闪入你的视野。”

我们已经看到，原始人是怎样忙于自己的物质需要，因而将自己限制于“现在”这一动物的时间界限内的；他错失了自己的冲动意识，没有在一个具有人的终极价值的世界中去寻求获得解放。

出于同样的原因，现代文明似乎正在向这一原始心态回归。

我们的各种需要极其迅猛地增加，以致我们失去闲暇，没能更加深刻地认识我们的自我和我们对它的坚信。这就意味着，我们已经失去自己的宗教，即失去了对触及人的神性、天堂建设者、音乐制作者和奇境梦想家的渴望。这就轻而易举地把我们对人的理想的完善、它的完整性视为现实的、更为圆满的意义的信念，撕扯得支离破碎。毫无疑问，音乐包含这样一个事实：它能够被分析和度量，以及什么音乐与驴鸣或汽车喇叭声具有共同点，这真是妙不可言。但更为妙不可言的是，音乐蕴涵着真理，不可将其条分缕析，而音乐中的真理与汽车喇叭轰鸣时的无礼两者之间的差异是无限的。我们这一时代的人们，已经对人的头脑以及它的梦想和精神追求做出分析——极为经常地不知不觉陷入疯狂、疾患和乱梦困扰的衰弱状态——他们已经心满意足地发现，这些梦想和追求是由难以解析的原初的动物性本能所构成。这可能是一个重要的发现，但更为重要的是，我们应当认识到这一事实：人凭借创造的奇迹，已经无限超越了自己特质的各个组成部分。

假设某个心理考察者认为，人对自己的爱人的忠诚，骨子里透出我们的原始肠胃对人肉的渴望，对此，我们无须与他辩驳。因为不管人肉的遗传怎样，不管它的构成怎样秘密，我们的爱的品格，在完美地与肉体、大脑以及精神结合为一体时，我们被告知，在我们的神圣的情感中，潜藏着某些本能，它们与情感显示出来的表现恰恰相反。

We are told that some of our most sacred sentiments hold hidden in them instincts contrary to what these sentiments profess to be.

有着与食人习俗全然不同的特征。使这种嬗变成为可能的真理的，就是我们宗教的真理。莲花与一块腐肉含有同样的碳元素和氢元素。处于分解状态时，它们之间没有差异，但在创造的状态下，它们之间的差异是明显的；正是这种差异才真正至关重要。我们被告知，在我们的神圣的情感中，潜藏着某些本能，它们与情感显示出来的表现恰恰相反。这样的揭秘，对某些人具有解除精神紧张的作用，恰如死亡可以使人放松人生持续不断的辛劳。

我们在现代文学中发现，某种类似从幻想中醒悟之后而嘻哈一笑的东西，变得具有传染性。纵火教的骑士们跑到国外，点燃我们确立已久的礼拜祭坛，宣称那些被供奉在祭坛之上的神像纵然美观，却是泥土捏的。他们说，已经发现，那些体现人的理想主义的、神像的外观具有欺骗性，而隐藏外观背后的泥土才是实在的。以此观点来看，整个创造都可以被说成是一个庞大的骗局，而数亿万具有“你”或“我”的表象的、旋转的带电粒子，则应当被谴责是作伪证者。

然而，他们企图欺骗什么人呢？若是像我们这样与生俱来就掌握某种判断真伪的标准的人，那么对他们来说，这些结成一体的表象一定体现了实在，而不是构成这些表象的带电粒子。同此，作为一件实物的玫瑰，一定比那些构成它的香气的成分更为令人愉悦，而构成成分可能在“高压”下说出与玫瑰实在明显相违的话来。玫瑰，甚至就像人的善的情感或美的理想，属于创造领域，它的所有桀骜反叛的元素在一种完美的协调中获得和谐。因为这些质朴的元素任凭我们细察，我们将骄傲地将它们作为“玫瑰”这出神秘剧中的演员，颁给它们最好的奖项。这样一种分析，实际上只是为我们自己在侦探方面的聪明伶俐而夸耀一番罢了。

我必须再次重复，对于人在自我创造过程中逐渐增强的各种感情和理想，应当从其整体予以认可。在我们诸多的才能或情感中，没有绝对的好坏之说，它们全都是伟大人格的构成部分。它们是音符，但只有被置于错误的地方才是错误的，我的教育就是要使这些音符变成和声，使它们与人的宏大音乐相和谐。野蛮人身上的兽性，已经在文明人的身上发展演变到更高级的阶段——进而言之，已经达到了与“神人”更为真切的调和一致的程度，它不是通过消灭原有的任何物质来实现的，而是通过这些物质的神奇魔幻组合，通过严酷的艺术训练，以及在恰当的地方施以约束的压力，才得以实现的。因此，在前景和背景之间建立起光亮和阴暗的平衡，从而在其所有的完美中赋予我们的人格以无与伦比的价值。

只要我们对这一价值坚信不疑，我们的精力在从事揭示“永恒的人”的创造性活动中就会经久不衰地持续下去。这一信念得到来自各个方面的扶持，文学、艺术、传奇、教义、象征、仪式，以及对那些自身体现这一信念的英雄人物的纪念，都包括在内。

我们的宗教，是一种囊括这些努力、表现形式和梦想的内在原则，依靠它们，我们接近按其形象创造出来我们的“他”。文明的功能，就是保持我们对理想中的完美的现实信念不灭，文明主要由情感和体现那一理想信念的想象组成。换言之，文明是艺术的创造，是为了使我们对“精神完美”的幻觉能够在客观上得以实现才创造出来的。文明是宗教艺术的产物。当我们接受对实在论的狂热崇拜、并忘却实在论是至为恶劣的虚幻形式时，我们就中断了文明征服的进程，因为实在论仅包含最低限度的真理。它就好像在宣扬说，我们只有在停尸房里才能了解人体的实在——而生命的人体有着更为完美的实在展现。所有与人有关的伟大事实，都被无边无际的期望气氛所围绕。倘若我们从中排除可能存在的事实，应该存在的事实，尚未得到证明但已经被深刻感觉到的事实，以及现在就表明永生在望的事实，它们就绝不会完整。永生寓于个人的一种永恒的剩余之中，个人有超越自己周围的所有零乱事实的能力。

人的实在论是人身上的动物性体现，其生命只不过是一段持续的时间；人身上显示人的本性的东西，才是人的实在，它具有对生命背景而言的永恒的生命。就其本质而言，可以肯定地说，岩石和水晶都是完美的，因而可以作为“无声音无感觉的事物”，在其感情有限的实在论上保持某种沉默的尊严；而与人相关的诸多事实，在被迫放弃它们的创造理想——“神人”的理想时，则会变得不合适也不健全，从而产生死亡病菌。单纯作为声响事实的音符，与作为一种表现真理的音乐，它们之间的差异是明显的。对音乐来说，虽然它仅包含有限数量的音符，但它却表达了无限。人，应当充分利用自己在心理上拥有的所有音符创作出精神音乐，但只要稍有疏忽或刚愎自用，这些音符就会轻而易举地转化为令人恐怖的噪声。人是在音乐中，而不是在噪声中，得以被表现。

第九章　艺术家

生命的根本欲望，是生存的欲望。生存要求我们具有大量的训练和经验来获取日常生活的必需。然而，我乐于承认，自己的所食之粮、所穿之衣和所住之房，都表现为大量的知识、实践和组织能力，对此我简直是一窍不通；我还发现，自己根本没有因为种种无知和无能而受到鄙视。凡是阅读我的作品的人，似乎都相当满意于我仅仅就是一位诗人，或许还是一个哲学家——对于后一顶由于误传而得来的桂冠，我既不想领取，更不敢保留。

显然，尽管我能力不足，但在人类社会中，我的作为却代表了一种职业，它虽属多余，却被认为是值得称赞的。事实上，我被鼓励做这种“节奏上无用”的工作，并且通过给予精神上与物质上的支持来保证它的发展。倘若一只愚蠢的黑鹂只会鸣唱而不会觅食、筑巢或避敌，那么它的同类就会出于遗传学的缘故，尽职尽责地听任它饿死、灭亡。我没有遇到类似的待遇，这是动物生存与人类文明之间巨大差异的明证。人的非凡寓于人自身生命的无限边际中，它为人的诸多梦想和创造提供了一个无限广阔的背景。人，正是在这个自由的王国中，才认识到自己的神的尊严，也就是自己的人性的伟大真理，并且当我以一个诗人的身份向他——作为自我显现者的人——歌颂胜利时，他感到欣喜，他还要继续许多世代的创造，以使自己日臻完善。

实在，在其所有表现形式中，都以我们的富于情感与想象力的心灵为背景展现自己的。我们认识到实在，不是因为我们能够想象它，而是因为我们能够直接感觉它。所以，即使实在被擅长逻辑思维的头脑所摒弃，它也不会被剔除我们的意识之外。一个事件，它可能有益也可能有害，但作为一种显现，它的价值却在于这一事实：它借助情感和想象力提供给我们经验；我们在一个特殊的认识领域感觉我们自己。在没有伴随任何巨大的物质或精神风险时，这种感觉的本身是令人愉快的；倘若这感觉能够超然于所有的实际后果，我们愿意、甚至会去感受恐惧或悲伤。这正是我们欣赏悲剧的原因所在，在悲剧中，痛苦的感觉唤醒我们的意识，使之强烈到白热化的程度。

我自身的自我实在，对于我来说具有直觉性和不容置疑性。其他任何一种以相似的方式影响我的事物，对于我自己都是真实的。并且出于自身的缘故，它无可避免地吸引并抓住我的注意力，将它自己与我的人格融合为一体，使它更为丰富，更为博大，并给它带来欢乐。我的友人可能算不上漂亮、有用、富有或伟大，但他对于我来说是实实在在的；在他身上，我可以感觉到我自己的生命的延伸以及我的喜悦之情，为了进一步证实这一点，我内心对实在的意识，试图与我身外的“真实”建立联系。在它未能如愿以偿时，我心中的自我就感到沮丧。当我们周围的事物单调乏味、毫无意义且对我们的心灵没有感情作用时，我们自己都变得茫然。我们就像图片，如果要被人喜欢的话，就必须得有背景作证才行。我们在孤独禁闭中遭受惩罚，在于实在世界与我们自己的真实之间的联系存在障碍堵塞，从而使后者不再活跃的想象力处于混沌不清的状态：我们的人格变得模模糊糊，由于我们的自我缩小，从而失去了我们自身的人的陪伴。对我们来说，因为我们的信息发展迅捷，我们的认识世界扩大了；随着我们个人的自我凭借同情心和想象力，在我们自己的宇宙中得到博大而更为深刻的体验，我们的人格世界在自己的领域中发展壮大。

这个可以借助知识予以认识的世界，由于我们的无知，因而对我们有所局限。因此，能够被我们自身的人的本性认识的人格世界，由于我们的同情心和想象力的局限也同样受到约束。在感觉迟钝的朦胧暗光中，我们世界的一大部分，在我们看来始终就像是一连串游荡的幽灵。从我们的意识的发展阶段看，我们或多或少能够将自己与这一世界合为一体，倘若不能完全合为一个整体的话，至少也可以是部分的完整。于是，我们的欢乐，就寓于我们感觉自己与这一世界的合一之处。在艺术上，我们表现这种合一的喜悦，并以此来认识这一世界对于我们具有的人性意义。我有物理的、化学的和生物的本性；随着我对物理、化学和生物领域的知识的增加，我发展了对这一本性的认识。我有我的人的本性，它与我们的感觉、情绪和想象进行交流。这样，我们的本性就受到欲望的影响，并根据意象来塑形。

科学推动我们用自己的智力去探求浩瀚无垠的可知世界，而我们的精神导师则启迪我们以自己的灵魂，去理解存在于这一世界深处的、运动且变化事实的无限“精神”。我们艺术天性的冲动，就是要认识人格在现象世界中的表现，认识与我们内心的真实相互和谐的存在实在。凡是在没有能深刻感到这种和谐的地方，我们都是异邦人，永远害思乡病。人天生就是艺术家；他自己的心灵，从不被动、死板地接受自己周围事物的物质表现。借助人的情感和想象力，他做出经常性的调整，从而把刻板的事实持续不断地转换为人能够适应的意象。动物对自己出生地周围的地形了然于胸；人同样知晓自己的国家，也就是他的个人的自我的地理领域。国家的形象并不单纯是具体的物质；它有着自身在艺术上的和谐，它是一种永恒的创造。在自己的国家，人的意识没有障碍，因而可以拓展自己的创造性人格的联系范围。为了卓有成效地生活，人必须了解各种事实及其法则。为了快乐地生活，他必须和自己有关的所有事物建立起相互和谐的关系。我们的创造就是体现对这一相互和谐关系的修正。

我们的历史上诞生的伟人，不是作为一个静止的事实出现，而是作为一个活生生的历史形象，存留在我们的头脑之中。他们生平的崇高启示，演绎成壮丽的连贯性传奇，历久弥新地在世代人们的生活中流传。我们在自己的头脑中，不断地修正那些我们与之一道生活的人们的形象，使他们在我们的心目中比初次见面时的印象更为真实。男人心目中的女性典范和女人心目中的男性典范，由我们的想象力按照我们的期盼和愿望，经过心理上的对各种品质和行为的重新组合才创造出来，而男人和女人也有意无意地力求达到这种理想的标准。事实上，人们通过成功地使这两种典范分别适应自己的本性，从而彼此相互达到一定程度的真实。这些典范是想象出来的所以就不真实，仅就人的情形来说，这种说法是错误的。人的真正生命在于他自己的创造，创造体现了人的无限。人自然不同于只是存在于世间的事物；它们对人必须具有某种理想的价值，因此只有人的意识才能充分认识它们是真实的。人们处在他们彼此孤立的自身状态绝不是真实的，他们的想象力具有这样一种才能，可以将他们自己更大的人的形象呈现在他们的心目之前。

我们能够通过积极调整真理的相互关系而使之为我们所有。这是艺术的作用；因为实在不是以事物的实体，而是以事物的相互关系原理为基础的。真理是形而上学所追求的无限，事实是科学所探寻的无限，而实在又是对把真理与人联系起来的无限所做出的界定。实在是人的实在，它是我们所意识到的什么，我们受它影响，同时也表现它。当我们强烈意识到实在时，我们也就意识到我们自己，与此同时，实在给予我们以喜悦。我们生活在实在之中，我们总是拓宽实在的范围。我们的文学艺术，体现了这种对人来说极其重要的创造性活动。

然而，与此有关的一个不可思议的事实是，虽然许多人都在各自寻求自己的表现方式，但他们的成功在其性质上绝非是个人主义的。人们必须在他所有的创造性作品中，找到、感到并表现这位“永恒的人”，即造物者。人类的文明就是对超验的人性给予持续的发现。凡文明未竟之事，都表明艺术家的失败，即在表现方式上的失败；凡个性阻挠普遍性之展现，无论任何文明，它都会消亡。因为实在是所有时代的人的真理，人们的任何对抗人的个人主义疯狂，都不能持以长久。

人渴望自己对一切自己看来可谓实在之物的感觉永不消亡；

人的感觉必须找到一种永恒的表现形式。我的这一本性的认识，对我而言极其明显，以致它呈现出不朽之特征。我无从想象它过去不曾存在或现在并不存在。与此类似，所有在我看来是真实的事物，对我自己来说都是永恒的，因此值得用一种具有永恒意义的语言予以表述。我们知道一些人有如此嗜好，喜欢在庄严雄伟的文物建筑墙壁上刻写自己的名字。这种将他们自己的名字与属于所有时代和人类的艺术作品相联系的做法，实在是有些可悲。我们对名声的渴望，源于我们的欲望，欲想使我们内心深处感到的东西变成客观现实。默无声息的人，是无足轻重的，就像一颗无以证明自己存在的暗星。他一直等待着某个艺术家赋予他最为完美的价值，这倒不是因为他有什么特别优异的地方，而是由于他当然是他自己以及自身所蕴涵着生命的永恒奥秘这一奇妙的事实。

我的一位中国友人同我一道在北京的街头行走时，他突然抑制不住，兴奋地大叫一声："瞧！这儿有一头驴！"这当然是完完全全寻常的一头驴，就像一件无可争辩又不言而喻的事实，无须他费神专门指出来。于是，我被逗乐了；但这件事却令我深思。这种动物通常都被认为有些脾性不好，所以它被匆匆地赶走了。在我看来，它无以引发不同寻常的联想，而且司空见惯；我不假思索地断定我熟悉它，因而我几乎对它视而不见。可是，我的友人却颇具中国艺术家的头脑。他并不以浅薄之识看待这头驴，而是能够以一种全新的眼光审视它，将它看成是活生生的真实。当我说它是“真实”的意思，我是说，那头驴并不是处于我的中国友人仅仅与一条狭隘的边界相连的意识边缘；相反，它完全已经融入他的想象之中，并且产生了形象，以及线条、色彩、生命和运动的特殊和谐，亲密地被他所拥有。让一头驴走进客厅肯定会遭到强烈的反对，但却没有谁会禁止它在油画中拥有自己的位置，它陈列在客厅的墙壁上反倒会令人欣赏。

只有在艺术迫使我们说“我看见了”的时候，艺术真理的唯一证据才存在。我们在自然中可能从一头驴身旁经过而对它置之不理，但我们对艺术作品中出现的一头驴，却必须予以承认，即使它不甚体面地忽视了自己在自然发展过程中的所有责任，即使它头似蘑菇而尾如棕叶。

在《奥义书》中，一篇寓言如是说：有两只鸟栖息在同一树枝上，一只在进食，另一只在旁观。这是一个对无限存在和有限自我的相互关系的比喻。在一旁观望的鸟的喜悦是不同寻常的，因为这是一种纯粹且自由的喜悦。其实，在人身上就存在这样两种鸟，客观的鸟专注于生活事务，主观的鸟充满着清高的想象之乐。

有个孩子走到我身边，让我给她讲个故事。于是我给她讲一只老虎厌恶自己身上的黑色条纹，于是就来到惊吓得半死的我的仆人面前索要一块肥皂。这故事让我的小听众感到极大的快乐，一种由想象引发的快乐，她从心里喊道："它就在这儿，我看见了！"她在博物学图书中已经知道了老虎，但她能够看见我的故事中的老虎。

我确信，连这个年仅五岁的儿童也知道，不会有这么一只没有虎性的老虎，跑出来寻求一块什么荒唐的肥皂。对她来说，这只老虎的可爱之处，不在于它的美、有什么用或它是否可能存在，而在于她能够在心灵中看见老虎的这一不容置疑的事实，比她看见自己周围的墙壁更为清晰——那些墙壁蛮横地喊叫它们的存在证据确凿，但这样的证据却是非本质的。故事中的老虎是必然出现的，它有一个完整形象的特征，并且为自身的真实性提供了证明。这位小听众自己的心灵就是见证，她的直接体验不容否认。一只老虎必须像其他所有的老虎一样，才有可能在一本科学图书中拥有自己的位置；它在那里必须是一只全然得到宽容的普通老虎。但在这个故事中，老虎却异乎寻常，绝不能再被复制。我们了解某个事物，是因为它属于某个种类；我们看见一个事物，是因为它属于自身。故事中的老虎完全将自己与同种类的所有其他老虎相区别，因而轻而易举地在那位听者的心目中呈现出鲜明的个性。这个孩子能够栩栩如生地看见它，因为它借助于孩子的想象力已经把它变成她自己的老虎，与她自己合为一体，而这种主体和客体的结合给予我们无比的喜悦。这难道是因为它们之间在真理上没有分离？分离即*Maya*，乃创造。

在我们的历史长河中，曾经有过此类情形的发生，一大群人的意识突然集体般地受到启迪，只是因为在日常琐事的平淡无奇以外认识到了某一现实。世界变得生气勃勃；我们用自己的全部灵魂看它，感受它。曾经几何，佛陀的声音穿越物质和精神的屏障传到遥远的彼岸。于是，我们的生命和我们的世界，在与让我们的爱得到解放的中心人物的关系中，找到了自身的、深刻的现实意义。为了使这一伟大的人性体验永不遗忘，人们决心做看似不可为之事；他们让危岩说话，顽石唱歌，洞穴记事；他们的喜乐呼喊与希望沿着山冈和沙漠，穿越荒芜的僻壤和人烟密集的城市，以种种不朽的形态出现。一场声势浩大的创造性活动，不顾种种咄咄逼人的阻碍，终以众多令人惊叹的雕刻作品建立起非凡伟业。在东方大陆多半地区进行的这种恢宏的创造性活动，清楚地回答了“什么是艺术”的问题。艺术是人的具有创造性的灵魂对“真实”呼唤的回应。

数世纪以前的孟加拉，那时的敬神爱情剧，把人的灵魂当作它的永恒游戏场，流露出对神的深刻认识的人格的生动体现。

整个民族的脑海，被一种将世界视为工具的想象所激荡，并由此发出前往天堂聚会的邀请。神所发出的爱的召唤，具有不可言喻的奥秘，体现在一连串由各种色彩与形式构成的无穷无尽的景象之中，并激起淹没古典俗套樊篱的音乐活动。我们孟加拉科尔坦（Kirtan）音乐的问世，犹如整个民族心中火热的情感旋涡抛出的一颗星，人们的意识也由于对现实的感觉而躁动不已，这一点必须要给予足够的承认。

至于问到音乐在我的理论中占有什么地位的问题，那就是，艺术的目的，要以最丰富的方方面面，在我们的心灵中唤起对实在的深刻感觉。音乐是所有艺术中最抽象的形式，正如数学是科学领域中最抽象的。事实上，这两者之间存在有一种深邃的关系。数学是有关数量关系与空间形式的逻辑。它因此被当作我们的科学知识的基础。当数学脱离与现象世界的具体联系并简化成为各种符号时，它展现出自身的、全部的结构上的庄严，这是它自身的完美和谐的必然性。然而，并非只是数学的逻辑，还有数学在现象世界中起到的神奇作用，它们一并构成和谐——相互关系的韵律。这一和谐韵律，从其寻常的具体背景中所提取，并通过声音媒介表现出来。因此，万物中所表现出来的纯粹本质，在音乐中被加以呈现。作为表现形式，声音所遇到的阻力小，因而有着不为各种事实和想法所累的自由。

我们之所以相信事实是真实的，是出于一种理性的和谐，理性的韵律，其过程是可以用数学的逻辑加以分析的。

We believe any facts to be true because of a harmony, a rhythm in reason, the process of which is analyzable by the logic of mathematics.

这自然就赋予声音以一种力量，可以在我们心中唤起一种亲切的真实感。在绘画、造型和文学艺术中，客体和我们对它的感觉，犹如玫瑰和它馥郁的花香，是紧密联系在一起的。在音乐中，提炼成为声音的感觉自身，变成一个独立的客体。它以清楚明确的调式呈现，却赋予难以言喻的意义，可尽管如此，这意义依然以一种绝对真理的旨趣，紧抓我们的心灵。

正是数学的魔术，即居于所有创造中心的韵律，在原子中运行，并以其不同的比例，塑造着黄金与铅、玫瑰与刺、太阳与行星。这些事物是时空舞台上旋跃的舞步，它们编织着摩耶，即现象的图案，连续不断的流转变迁，也就是存在又不存在。正是韵律从一片混沌中翻腾出各种形象，并使一切无从捉摸的事物变得可以触知。这就是摩耶，这就是创造中的艺术，文学中的艺术，而文学是韵律的魔术。

我们是否应该就此打住而停步不前呢？被我们看成理智的真理，不也是有关事实之间的关系的韵律吗？它编织着理论图案，并产生一种令人信服之感，不也是使人总会确信自己认识到了真理吗？我们之所以相信事实是真实的，是出于一种理性的和谐，理性的韵律，其过程是可以用数学的逻辑加以分析的。但对我却并非如此，这正如我们能够计算音符的数量，却不能用它来解释音乐的道理一样。对此我确实认为有些不可思议，而这也属于创造的摩耶，它的一个重要的不可或缺的因素，就是我身上所体现的这种具有自我意识的人格。

而“另一个因素”呢？我想，同样是一种具有自我意识的人格，并与我的人格构成永恒的和谐。

人的这种对和谐精神满怀虔敬的忠诚，表现在他的宗教中。

Man's reverential loyalty to this spirit of unity is expressed in his religion.

第十章　人的天性

从人开始真正意识到自己的本性之时起，他就同时开始意识到通过自身在人类社会中得以表现出来的、种种不可思议的和谐精神。这是属于不可名状的个人之间关系的一种媒介，它没有任何功利主义目的，而是为了要实现自己的终极真理，它也不是一个算术中的和的结果，而是一种人生价值。人终归感到，这一无所不包的和谐精神，具有一种神圣的特质；它要求人牺牲自己身上所有的个人特有的东西，并且人超越自身的有限自我的最高意义就寓于其中，体现了人的至为美好的自由精神。

人的这种对和谐精神满怀虔敬的忠诚，表现在他的宗教中；它以人的诸多神的名字为自己的象征。这正是为什么最初的人的神，都是部落之神，甚至属于同一部落的不同氏族的神。随着人的和谐意识的扩展，他的神就逐渐以一个独一无二且同时也是普遍存在的神的面貌呈现在他面前，从而证明了人类和谐的这一真理就是“人的神”的真理。

在梵语中，宗教被称为达摩（*dharma*），其引申义表示将我们稳定地凝聚在一起的关系准则，其字面意思则指事物的品质，即它的基本性质；例如，热是火的基本性质，不过在某一阶段，这一基本性质可能并不存在。

宗教就是为了使人们养成并且表现出“永恒的人”的天性中固有的那些品质，并因此而信仰他。倘若这些品质在个人身上表现为绝对的天赋，那么宗教就可能变得毫无意义。我们以自己野蛮的天性中最原始的冲动开始书写自己的历史，我们的这种天性有助于我们满足自己那些必不可少的急需。然而，在我们的内心深处，却涌动着不同趋向的水流，它们沿着许多路线朝相反的方向奔流，这便是普遍人性的生命之流。宗教通过使人的野蛮天性臣服于我们所认为的人的真理，来展现其调解矛盾的功能。这对于我们信仰以不同的名称称呼他、以不同的形象想象他的“永恒的人”，大有帮助。我们身上的这样两种天性之间的矛盾极其巨大，以至于人们甘愿牺牲自己必不可少的需要，甚至视死如归，以表现自己的达摩——它代表了“至高无上的人”的真理。

“至高无上的人”的形象，是由我们的想象而产生，不是我们的心灵所创造。他比作为个体存在的人更为实在，他的无所不在的人格超越我们每一个人，而且具有超验性。他的思想紧紧追随着他的伟大目标，不断跨越各种现实中的障碍，朝着完善的真理迈进。我们，作为个人，在他的构想中有着各自的位置，可能有意识地与他的目的和谐一致，也可能有意识地与他的目的南辕北辙，甚至可能在他的道路上设置障碍，从而自取灭亡。然而，当我们有意识地与他合作，我们就会拥有我们的真正的宗教，在苦难和牺牲中获得极度的喜悦。通过我们自己对他的爱，我们才意识到从他的存在中放射出来的伟大的爱，他就是“最高精神”（Mahātma）。

中国的伟大哲人老子说过：“死而不亡者寿。”意思是“死而亡者”可以活在“不朽的人”的生命之中。对这种不朽人生的欲求，引导人们追寻真正的永存。我们的印度经典同样说过：“人可以通过非常（对达摩的否定）手段兴旺发达，得到令人心仪的东西，征服自己的仇敌，但他实质上已经灭亡。”这番话暗示说，对于人们而言，与转瞬即逝的自然生命相比，还有一种更为真实的生命。

我们的生命，可以在其体现永恒的人性的某些方面，如认识力、同情心、功绩、品德以及创造性作品中，获得所谓的“价值”。从我们历史的开端，我们就一直在寻求自己生命的价值，而不仅仅旨在获得成功，对此我们往往不惜一切代价；换言之，我们一直试图亲自认识“不朽的人”，以使我们死而不亡。这便是《奥义书》中所谓“*Tam vedyam purusham veda, yatha ma vo mrityuh parivyathah*”的含义——“认识‘原人’，以便你可以免受死亡之苦”。

这些话语的含义看似极其自相矛盾，但却十分有道理；而且不能被我们的感官或我们的理智所证明。可它对人们的影响却非常强，以致他们为了确保过一种属于“永恒的人”的生活，已然能够摒弃所有的恐惧和贪欲，抵抗野蛮的天性所固有的各种本能。更具有重大意义的是，因为他们当中有许多人虽并不相信这种生活的真实性，却随时准备为他们认为具有终极和唯一确凿的事实而抛弃其他一切。

我们认为这一理想的实在是“精神性的”。此词含义模糊；不过，在穿越物质存在屏障的暗淡光芒的照临之下，我们似乎对精神性的人比对物质形态的人有更强烈的信念；从人类历史最为暗淡的时期起，人就有此感觉，认为貌似真实存在的事实并不是终极的；人的最高福祉，取决于人是否能够跨越一种更为广阔人生的门槛，与蒙着面纱的伟大奥秘保持完美的关系，这样的生活赋予人的价值，比在物质世界中单纯延续肉体生命崇高得多。

我们的身体在物质世界中显现其广泛的实在性，而物质世界或许更为恰当地被称为我们的宇宙身体，倘若没有物质世界，我们的个体就会失去其功能。我们的肉体生命，由于在与物质世界的联系中得到不断拓宽的自由，因而日益增强地认识到自身的意义，这就使我们的肉体生命感到一种比单纯满足物质需要所得到的快乐更为伟大的愉悦。我们在意识到某种“完美”的理想，也就是我们的心灵产生了一种内在的完满之感的美好或庄严的真理，即一种对我们自己的实在有着强烈的感觉之时，我们于是认识到我们的本性的深刻意义。它甚至几乎无限地增强了人的信念——一种客观的包容人类世界的“完美”理想的信念。人在自己的意识所达到的不同发展阶段，对于自己的世界的想象，或是美好的，或是扭曲的，或是光辉的，或是暗淡的。可无论人的宗教信条的名目和性质是什么，他的人类趋于“完美”的理想，却基于一条和谐的纽带：它以个人为起点延伸开去，而在以体现人类人格永恒的“至高无上的人”中，达到其顶点。在人类文明中，人们对这一思想进行了完美的阐述，并挖掘出大量的真理，这些真理是对人性的显现，而并非只是表示生命的胜利。然而，当这一创造性理想，也就是达摩，让位于一大群人中的某种难以抑制的激情时，文明以爆燃的火焰迸发出来，犹如一颗为自己喧闹而辉煌的葬礼点燃了柴堆的星球。

还是儿童时，我经常用破烂制作自己的玩具，凭借想象设计自己的游戏。我的玩伴完全可以分享我的欢乐，事实上，他们的最大欢乐就在于他们参与到我的游戏之中。一天，我们童年的这个天堂中，出现了来自成人市场的诱惑。我们的一位伙伴得到一个从一家英国人商店里弄来的玩具；这是一件完美的玩具，不但大而且栩栩如生。他得意扬扬地以拥有这个玩具为傲，反而对游戏本身不那么留意。他小心翼翼地将那件价格昂贵的玩意儿藏起来，不让我们触摸，为自己独占那个玩具而自鸣得意，感觉自己比那些只有廉价玩具的伙伴们高贵一等。我确信，倘若他当时能够使用现代历史语言，他会说他比我们更文明，因为他已经发展到了拥有那件完美到荒唐的玩具的地步。

这个孩子在兴奋之余未能认识到的一件事情是——在当时对他几乎毫无意义的事实——这一诱惑遮蔽了某种比他的玩具完全得多的东西，即永远寓于人类心中的完美童心，也就是儿童的达摩。那件玩具仅仅表现了他的财富，而不是他，也没有表现孩子的创造精神，以及孩子在自己的游戏中足够的快乐和对自己游戏世界中地位平等的伙伴们的认同。文明就是表现人的达摩，而不单纯是他的聪慧、能力和对财富的占有。

我曾经有一次从 100 英里以外的一个地方驱车前往加尔各答。路途中，汽车的机械装置出了故障，所以我们每隔半个小时就得补充一次水——在我们不得已停车的第一个村庄，我们请求一位男子帮我们找些水来。显然，这对于他来说并不是一件容易之事，但当我们给他应得的报酬时，他拒不接受，尽管他很穷困。随后其他的15个村庄都出现了同样的情形。在炎热的乡下，旅行者不断地需要水，水供应在夏日变得十分缺乏，但村民仍将向需要水的人供水视为己任。他们本来可以遵循“无情的”供求规律，轻而易举地借此来赚一笔钱。然而，他们视为自己的达摩理想，已经与他们的生命融为一体。他们并不因为拥有水源而从中为个人索取什么。

老子在讲到至善之人时说：“生而不有。为而不恃。功成而居。夫唯弗居，是以不去。”我们可以出卖我们身体之外的什么，也不能出卖与我们的生命融为一体的东西。这种与真理的完全的同化，属于完美的天堂；它存在于我们的自我意识的炼狱之外。事实证明，到达这一天堂，需要经历文明发展的一个漫长进程。

与每分钟生产惊人数量产品的工业化能力相比，能够不厌其烦地向过路的陌生人供水而从不因此邀功或索要报酬，似乎简单到了好笑或不值一提的地步。一个身价为百万富翁的旅游者，即随时准备垄断粮食市场并迫使全世界都濒临饥饿的深渊、使自己发财致富的家伙，以每小时60英里的速度从我们的村庄飞驰而过，他肯定会觉得自己高人一等，绝对不会注意到这种简单的小事。

是的，这种事情是简单的，如同一位绅士就是一位绅士那样；但那种简单是经过许多世纪的文化发展而来的产物。简单是难于仿效的。几年内，我可能学会通过转动一个轮子用数以千计的针同时打眼，但在款待自己的敌人或陌生人时能够做到纯粹的简单，却需要许多世代的修养。简单，不考虑自身的价值，也不索取报酬，所以那些迷恋权势的人并没意识到，简单的精神表现是文明的最高产物。

礼乐崩坏，可以扼杀这种属于较为高级生命的果实，恰如文明产生的武器一旦被粗野贪婪的力量所利用，就可以让一种拥有罕见之美的鸟类全体灭绝。当我发现向我们供水而索取报酬的唯一地方是加尔各答的一个郊区时，这一事实得到了清清楚楚的证明，因为那里的生活较为富足，供水较为容易，也较为充裕。于是，进步的水流向四面八方沿着许多的渠道流淌。这一事实表明，人们曾经拥有的天性和谐——与内在的本性的和谐——已经消失了，与强调自己的个人需要的本性相比，内在的本性因其所注重的普遍性而更为伟大。后者由于算计赢利而失去自己的美感和慷慨；它仅仅代表自己，而不代表“宇宙的人”。

在《阿达婆吠陀》中有一席话，其中就提出“是谁将音乐赋予了人”这一问题。鸟类重复自己单一的鸣声，或只是将其声进行非常简单的组合，但人却构筑了自己的音乐世界，并不断建立各种音调的新的韵律关系。这些音调向他揭示了创造的奥秘，无所不在，不可言传。它们给他带来了可以将事实谱写为真理的内在韵律。它们不仅给予他听觉上的愉悦，而且给予他心灵深处的欢乐，从而使他的心灵在完美的和谐这一理想中得到满足。不知怎的，人总是认为，真理的实体就寓于这种完美之中；在人寻找自己的最佳表现时，他寻求一种具有和谐的总体效果的媒介，音乐就有如此的功效。我们表现为“普遍存在的人”的冲动，产生了艺术和文学。它们以自己的线条、色彩、乐章、文字和思想的韵律，恢宏地表现出比它们表面上所显示出来的更多的东西。它们打开了我们的心灵之窗，让我们看到了人的永恒实在。它们是我们应当共同继承的众多财富，无论我们属于哪个国家，哪个时代；因为它们是无所不在的心灵受到感召才得以产生的。个人不仅要在自己的艺术中，而且要在自己的行为里，卓越地突出具有属于所有人的某种真理价值的理想。换言之，他应当在自己的行为和周围环境中创造出音乐的表达，以使他体现至高无上的“人格”。文明是人类创造的产物，是“宇宙的人”的表现。

第一次造访日本时，我曾观察到，人类活动领域中有两个部分形成强烈的对比。社会理想、美的标准、个人行为规范，就是以其中的一个部分，即古老的大陆为基础发展起来的；另一部分是流体要素，它有如奔腾不息的水流，将财富从世界各地运送到大陆的海岸。在半个世纪的时间里，日本已经能够使强大的进步之神为己所有，使它在外来屈辱与威胁的风暴下、在某个清晨席卷日本。同样，中国也已经觉醒，在连续的苦难岁月中，她的自尊心被击打得几乎荡然无存。但我确信，她不久也会掌握那些曾经痛苦地伤害过她的坚船利炮。然而，赋予日本文明以生命和身体的理想，是无数世代的人们经过培育才得到的，并非是那些机会主义者们一蹴而就的结果。大段的悠闲时光与雅兴，对于“生命”之美的花朵盛开以及它的智慧成熟，是十分必要的。

一方面，我们可以看到日本的现代工厂，有许多最新式的机械结构和引擎的机器，要么是生产普通产品，要么是毁灭性的武器。另一方面，与它们形成对比的是，我们还可能看到精致的花瓶，小块的丝绸，极其质朴的建筑，完美的抒情舞蹈的表演。我们也可能看到，日本人的谦恭礼貌，每天都要占据他们相当多的时间，让他们劳神费力。所有这些绝非来自掌握事物的准确知识，而是来自需要花时间才能圆满地实现其实在价值的强烈意识。

日本在制造电报线和铁路线、生产制造机器和杀人机器方面所展现的熟练技能，或多或少地与我们可能在其他国家所看我们失去自己的肉体生命，我们就走向死亡；我们丧失自己的人性，我们就趋于毁灭。

For we die when we lose our physical life, we perish when we miss our humanity.

到的情形类似。然而，在她的生活艺术中，在她的绘画中，在她的行为规范中，在她的宗教和社会理想所呈现的各种美的形式中，日本表现出她自己的人格，也就是她的达摩。人格所具有的价值，一定是独特的，同时还必须代表“永生的人”。

老子说过：“不知常，妄作凶。”他还说过，“死而不亡者寿。”我们失去自己的肉体生命，我们就走向死亡；我们丧失自己的人性，我们就趋于毁灭。人性就是人类的达摩。

在这个世界上显而易见的现象，是运动着的事物永无止境地行进；但需要认识的却是遍布于人类世界而显示人性的最高“真理”。

我们在今天也千万不要忘记，一项单纯的活动本身并没有什么价值，因为它可能是一种危险的引发人们惰性的标志。但我们必须牢记：一次伟大的精神升华，即曾经在印度由佛陀的教诲所引起的、对人的尊严的普遍认识，开启了一场长达数世纪之久的运动，从中产生了璀璨的文学、艺术、科学和许多公益成就。这场运动的动力并非来自什么另外的知识或能力，也不是某种不可抑制的激情的冲动。它是一种向往自由的灵感，这种自由使我们能够认识达摩，也就是“永恒的人”的真理。

老子还说过：“有德（达摩）司契，无德司彻。”与内在达摩无关却和外在诱惑相连的“进步”，试图满足我们无穷无尽的各种要求。然而，理想的文明，给予我们放弃的充分能力——一种认识无限并激励创造的能力。

这位伟大的中国哲人又说道："益生曰祥。"增寿可实现永生，却无法超越生命和谐的界限。山松挺拔伟岸，它的每个部分都保持着内在平衡的韵律，所以即使看似滋生无度，实际上它在自我控制上表现出含蓄的优雅。山松和它的组成部分属于同一个极其重要的韵律体系；木、花、叶、果与树是同一的；它们的繁茂，不是一种来自扩张造成的病态，而是一种祥瑞之景象。

第十一章 交汇

我们历代伟大的先知，在他们具有人的普遍存在的精神类同的意识中，确实亲身实现了灵魂的自由。可对于人类整体而言，由于外部地理条件所限，他们在各自孤立的情况下，形成了一种可怕的自私心态。在出于本能寻求宗教真理中，他们或是按照自己原始扭曲的种族思想模式使宗教停滞不前乃至畸形发展，或是将他们的神关在庙墙之内并将经典束之高阁，尤其脱离了各种生活领域，以致由于神的缺席而轻而易举地出现奉行各种名义和形式的魔鬼崇拜。他们对待自己的神的方式，就如同某些类型的政体对待自己的国王：国王只有传统的荣誉，但没有实际的权力。神的真正意义在我们的头脑中一直是模糊不清的，因为我们的精神和谐的意识已经遭到挫折。

造成这种情况的重要原因之一——我们在地理上的隔离——现在已经几乎不复存在。所以，为了真理，为了真理的产物，即和平，我们绝不允许我们对神的观念继续模糊不清地隐身在正规仪式和神学迷雾这些虚幻事物的背后。这一时代已经到来了。

在黑暗的洞穴中过着隐匿生活的动物，在其非常狭隘的环境中感到安全。大自然的俭约之道，使它的感觉能力退化到极低的必要限度之内。可一旦洞穴的墙壁被某种灾变突然来袭而不复存在，那么它或是必须接受灭绝的厄运，或是必须恰当地使自己适应变得广阔的新环境。

人类的所有种族，将再也不能返回自己高墙环绕的孤傲的城堡之中去了。他们今天在物质上和智力上已然相互了解。一直使他们待在各自的围墙内感到充分安全的外壳已被打破，任何人为的举措再也不能将它们修复。所以，我们必须接受这一事实，即使我们还没有使我们的大脑完全适应这一已经变化了的公开环境，即使我们在这一过程中可能不得不担负因生命自由被拓宽而带来的全部风险。

我们的传统，很大一部分是我们在适应特有的环境时所奉行的顺应准则。毫无疑问，这些传统以其鲜明的色彩——具有诗意，同时也具有适于各自不同环境的保护性色彩，使得一些种族的特性呈现多样化。我们可能逐渐对我们自己具有丰富色彩的种族特色产生一种强烈的爱；但倘若这一特色仅能使我们适应一个非常狭隘的世界，那么，在我们的外部环境发生最微小的变动之时，我们就有可能不得不为这种爱付出我们的生命本身这一代价。

在动物世界，有许多动物种类全部灭亡的例子：灾难突然降临在那些天真地固守某一优势的动物头上，不想后来天道发生变迁，这一优势竟然成了劣势。事实上，人的优势是其本身所证明了的他那令人惊异的随机的适应性能力——无论命运让他处于热带或是寒带，都不存在他不可逾越的障碍。

我们今天所面临的大量的种族问题，将迫使我们调整自己，用道德的适应以取代单纯的外在效率，否则由此引发的纠纷，将束缚我们的所有活动并将我们拖向死亡。[1]（参见附录四）

当我们的必需变得急迫时，当一直维系我们生存的资源枯竭时，我们的精神就会尽自己的所有力量，去发现别的什么更加深邃也更加持久的生活资料的来源。这就引领我们从自己宝库的外部走向内部。在肌肉不能为我们充分效劳时，我们就唤醒智力并求助于它。结果我们惊讶地发现，智力对我们而言是比体力更为伟大的力量源泉。当轮到我们的智力天赋走上邪路，并且只能催促着我们的自杀变得更加全面彻底的时候，我们的灵魂必须寻求与一个更为深刻的某种力量结为同盟，进而脱离肌肉代表的粗陋愚蠢。

迄今为止，强烈地追求种族利己主义，是在人们的交汇中最能够有机会找到自身的一件事。在人类历史的任何时期，都不曾有过这样一种道德堕落的时代，这样一种对忌妒、贪婪、仇恨和相互猜疑的普遍煽动。每一个民族，无论强弱，都不断地沉迷在使自己能够对其他民族造成根本伤害的暴力狂热中。在这种高速发展的伤害竞争中，在一个无底深渊的陡崖上，任何民族都不敢停下或减速。伴有高烧的猩红热病已经侵袭人类的整个肌体，政治激情已经取代了所有生活领域中的创造性人格。

众所周知，贪婪若以获取物质为己任，那它就永无止境。贪婪就像一个狂人在追逐地平线。为了继续一场以百万倍之速增长的竞争，演变成为一场愚蠢无益的障碍赛跑，途中只有障碍却没有目标。可以与之媲美的是使用物质武器的厮杀——必须持续不断地增加武器，还要开辟新的毁灭远景，并在制造恐怖中激发新形式的疯狂。现在，酣醉的"激情"似乎已经驾驭拥有超大力量的智力，以此开始了它最后的致命的冒险。

今天，比我们历史上以往的任何时候都更加需要精神力量的援助。所以，我相信，在我们生命隐秘的深处，必定会发现这一力量的源泉。先驱们将会着手开始这一冒险并承受痛苦，以此开辟出一条通往更高的生命境界的道路，而我们的安全即系于此。

讲到这里，让我举一个古代印度历史上的例子吧。在印度的远古时代，曾有过一段辉煌的时期，在一帮梦想家的眼里，农业似乎是一个伟大的理念，而不仅仅是养家糊口的事实。罗摩旃陀罗主张发展农业，其英雄的人格得到流行民歌的颂扬。可在后来的时代，这些民歌失去最初的意旨，形成一部史诗，单纯地赞颂主人公的家庭美德了。然而，十分明显的是，从掩埋在故事里的传说中的遗风来看，农业普及迎来的一个新时代，对凡能聆听的人们都是一种神圣之音。它将荒野上的原始围屏除却，使僻远之地得以通途，所有的障碍都被打破了。它召唤那些庇护于受保护之地而造成相互隔离和彼此敌对的人群，组成一个统一民族。

在吠陀诗歌中，我们发现它不断提到古代印度原住居民与移民之间的冲突。我们发现诗歌表达了一种互不信任的风气，以及大肆贩卖奴隶或消灭对手的斗争情景。而斗争的手段沿用的是动物的方式，因为动物生存在狭隘的彼此隔离的空间里，被自己有限的想象力和残缺的同情心所驱使。倘若人们未能有机会发现，人的最高真理在于合作与爱的结合，这种风气就会以自己全部的凶猛的野蛮力量继续发展。

农业进步是在物质上导致这一发现的第一步。它不仅使定居生活成为可能，让大量的人非常亲近地生活在一起，而且它还要求过上和平合作的生活方式以达到自身的特殊目的。倘若人没有随即生发自己在精神上对真理的内在本原的敏感，这样一种从游牧状态到农业状态突然变化的单一事实，就不会造福人类。我们从阅读《罗摩衍那》[①]中可以知道，理想主义已经在那个时代的一部分印度移民中诞生，在他们的心目中展开了一幅解放的美景，其中充满了对一种崇高的生活方式的责任。这部史诗所蕴含的理想，反映了人们的愿望的变化——从征服之路走向修好之途。

如我所说，与印度史诗时代所出现的情况相类似的又一场巨大的变化，现在已经突然降临人类世界。人们迄今几乎一直在以宗教般的热诚，养成一种由种族孤立所产生的心态；诗人们大声吹嘘，称颂他们令人崇拜的战士的功勋；善于聚敛钱财者在扒窃时肆无忌惮，身手敏捷，既无同情之心亦乏羞耻之感；外交官散播谎言，以使受坑害的人们在前途毁灭之前做出让步。突然，将不同种族分隔开来的墙壁已经纷纷倒塌，我们发现自己面对面地站在一起。

这是一个具有史诗意义的伟大事实。人，曾经受过狼的乳汁哺育，曾经在野兽的洞穴中栖身，曾经成长于潜行劫掠的习惯，却突然发现自己是人，自己的真正力量在于放弃蛮力而获

① 译者注：与《摩诃婆罗多》并列为印度两大史诗。在印度文学史上被称作最初的诗。

得精神自由。

人性之神已经来到部落破败的寺庙门前。虽然他还没有找到自己的祭坛，我请求具有朴素信仰的人们，无论他们在世界上的什么地方，都将自己的祭品奉献给他，并且坚信，明智与虔敬比狡黠与傲慢要好很多。我请求他们坚守人性与人友善的权利，而不是什么特定的高傲的种族或民族的权利，进而吹嘘自己有着作为人的统治者的重要品质。我们应当明确地自知，这样的统治者再也不会为人们所容，因为新的世界沐浴在普照的精神阳光下，呼吸着生命的自由空气。

在地球刚刚诞生的地质时代，物质力量的群魔占有绝对的统治地位。愤怒的火焰，滔天的洪水，猛烈的风暴，持续不断地肆虐，地球呈现出一幅幅恐怖的畸形景象。这些巨魔最终让步于生命的统治王朝。倘若那时有聪明且注重实际的旁观者，他们一定将自己的最后一文钱作为赌注押在这些巨魔身上，而且还会嬉笑怒骂地嘲弄试图在巨魔搏击的角斗场上站稳脚跟的孤立无援的微弱生命。只有梦想家才会在那一刻怀着坚定不移的信念宣告，那些巨魔由于极端张狂而注定要灭亡。事实上，它们真的灭亡了；今天，那些令人望而生畏的特质，用儿童科学的用语来说，就是“北欧日耳曼人”的特质，也注定会有同样的命运。

我再次请求，让我们，这些东方与西方的梦想家们，坚定地保持自己对从事创造“生命”的信念，而不是对从事制造“机器”的信念——坚定地保持对收敛起锋芒从而绽放出美丽花朵的力量的信念，而不是对剑拔弩张、并为自己有令人憎恶的本领而狂喜的信念。让我们认识到这一点，“机器”在助人时是有益的，但在利用生命时则并非如此；“科学”在摧毁罪恶时是伟大的，但在与罪恶结成肮脏同盟时则恰恰相反。

第十二章　启蒙的老师

我已经描述过，关于神的本质的模糊概念，怎样在我的意识中浓缩成一种对人的认识。这种认识同时既是确切的也是有限的，“永恒的原人”显现在所有人身上。它可能是神的众多表现形式之一，“人”与他所在的“宇宙”皆被囊括其中。然而，只要我们还是人类，我们就绝不会认为或想象他能够显现在其他不可思议的宇宙当中。所以，无论我们的神学可能将什么样的性质归到他的名下，他实际上都是“人”所追求的无限理想。人类在自己的共同发展过程中向他接近，他们试图以个人的身份与他实现爱的合一，他们在他的身上找到了自己的理想父亲、朋友和爱人。

我确信，正是这种关于神的人性的思想，曾在我的大脑中不自觉地发挥作用，迫使我走出自己文学生涯的封闭天地，从而在实践活动的世界中恪尽职守。孤独地在冥想中欣赏无限，不再能使我感到满足；我用以静默礼神的经典，不知不觉间不再赋予我灵感。我确信，我那时模模糊糊地感觉到，我需要通过奉献的服务才能在“人”的生活中获得精神上的自我实现。此时，我正在孟加拉为我们的儿童创建一所教育机构。它有着自身的特殊性质，目前还在努力地力求圆满；它是我试图为自己的神学而建立的一座活生生的庙宇。在这样的一个地方，教育必然成为完美人生的基石。人只有过受教育的生活，借助知识和服务、欢乐和创造性的工作，才有可能达到完美人生的目标。这就是我自己的目标，因为我感到必须要结束自己在梦幻世界的流亡，必须返回到富有真理的生活当中去。

我想起了古代印度另一位诗人迦梨陀娑[①]（kalidasa）的名字，他的诗《云使》（*Meghadnta*）回荡着一个被放逐者的痛苦之声。

这并不是诗人所遭受的那种肉体上的思乡之苦，而是更为根本的东西，即灵魂的思乡之苦。我们几乎在他的所有作品中，都能感受到旧日王宫里那种布满了奢华器物，但也充斥着自我放纵的、麻木的、令人压抑的气氛。不过，我们也感受到了建立在挥霍无度的文明基础之上的高雅文化的气氛。

这位诗人在宫廷中过着放逐的日子——一种难以接近永恒精神的生活。他知道不仅自己遭到放逐，而且他出生的整个时

① 编者注：印度古典梵语诗人，剧作家。

代也遭到了放逐——一个聚敛了财富却失去幸福的时代，一个兴建了器物宝库却失去伟大宇宙背景的时代。他对完美的渴望，在其戏剧和诗歌中，是以怎样的形式来表现的？这便是古代印度父权制社会的净修林（*tapovana*）的形式。凡是熟悉梵语文学的人都会知道，这不是具有原始文化和思想的人们的聚居地。他们是真理的追求者，为了真理，他们生活在一种纯洁的并非清教主义的氛围中，过着简朴且非苦行的生活。他们从不主张独身主义，他们不断与过着具有世俗趣味生活的其他人相互联系。他们的目的以及为之付出的努力，在《奥义书》中的诗行有着简洁的表达：

Te sarvagam sarvatah prapya dhira
yuktatmanah sarvamevavisanti.

那些心境宁静的人进入“万有”之中，认识且随处与无所不在的“精神”和谐一体。

这绝不是一种具有消极特征的遁世哲学，而是一种绝对包容万有的认识。迦梨陀娑生活在辉煌的健日王时代繁华的优禅尼城中，但他那备受折磨的心灵，怎样地承受阻碍一切的事物和吞噬一切的本性的沉重压迫，反而任凭他的万千思绪翱翔于净修林景象的上空，以寻觅人生的灵感！

一位现代印度诗人在心中感受到精神放逐之苦时，也会产生类似的想象。这不是一种刻意的模仿，而是一种自然的巧合。在迦梨陀娑时代，人们热烈地胸怀净修林理想，即过一种林中的集体生活，甚至在其晚期也无疑存在着生活在大自然中心的人群所组成的社会。他们并不是非常热衷于慢性自杀的苦行者，而是试图认识自己生命的精神意义、心态宁静的健全之人。所以，在迦梨陀娑赞颂净修林时，他的诗歌立刻在读者富于生命力的信仰中产生共鸣。然而，这一思想在今天的现实生活中已失去了明确的主旨，并且退回到遥远传奇的幻象世界中去了。所以，一首现代诗歌中使用梵语词只是多了些诗情画意，而其含义却要按照文学的评价标准予以判断。于是，保留原有形式的纯洁性的林居精神，在现代又会成为一种荒诞无稽的不合时宜。所以，为了能够存在下去，这种精神就必须在现实的生活条件下找到自己的再生形式。它必须在实质上完全相同，却不必在细节上毫无二致。正是这一精神，使得现代诗人的心，渴望以能够感知的词汇的语言创作自己的诗篇。

然而，我必须稍微详细地讲一下历史。文明人已经远离了自己正常生活的轨道。他已经逐渐形成且固化了自己的某些习惯，就如同蜜蜂适应自己的蜂巢世界一样。我们经常看到，有物品的这样一种毫无节制的过度增加，犹如热带地区过于繁茂的植物，对人造成了限制。

Such an intemperate overgrowth of things, like rank vegetation in the tropics, creates confinement for man.

人因无聊痛苦，有人因厌世痛苦，有人在没有任何正当理由时却对周围的环境产生叛逆情绪而痛苦。社会革命持续不断地席卷而来，时常伴随有自杀性的暴力，其根源就在于我们不满意自己周围的蜂房般的墙壁——过于封闭的围挡剥夺了我们的透视力，而它正是我们在自己的生活中必须用来把握恰当比例的艺术。所有这一切都表明，人不是按照蜜蜂的模式塑造的，所以，当超脱于社会群体之外的自由被忽视时，他就会产生鲁莽的反社会行为。

在我们高度复杂的现代条件下，机械力量被组织得极为高效，许多物质资料被生产出来。它们竟然十分超前，乃至人的选择和吸收能力尚来不及将它们精简，以使它们同人的天性与需要和谐一体。

物品的这样一种毫无节制的过度增加，犹如热带地区过于繁茂的植物，对人造成了限制。鸟巢是简单的，它与天空有一种由来已久的关系；鸟笼是复杂的，也是昂贵的，它让自己过度地自绝于外界存在的一切。同理，人也在构筑自己的囚笼，迅速发展自己建立在“巨物”基础之上的寄生生活方式，任凭“巨物”从四面八方将自己围裹起来。他总是忙于让自己适应“巨物”的死一般的僵硬，将自己束缚在“巨物”的界限之内，仅仅成为“巨物”的一个组成部分。

这似乎与某些人的学说相左。他们认为，持续不断的生活高压，缘于人为地对物质的渴求，产生并维持一种能量，推动着文明走上自己永无止境的旅程。就我个人而言，我认为，这并非是导致我们所知的、历史上任何伟大文明走向显赫的主要推动力。

我生于曾经为英属印度首府的所在地。我自己的祖先，随着最初东印度公司起伏不定的命运潮流，漂浮到了加尔各答。我们家庭不从流俗的生活规范，一直是印度教文化、伊斯兰教文化和英国文化这三个文化的交汇。我的祖父生活的时代属于转型期，繁琐的衣着和礼节，以及充足的闲暇，正逐步减少，并进入维多利亚女王时期崇尚简约的风俗之中——节约时间，节约礼仪，节约个人体面的外表。这就表明，我来到这个世界的时候，现代城市所孕育的进步精神，已经开始驱动自身的凯旋彩车，在我们古老村社赏心悦目的绿色生命上碾过。尽管当时在我周围的践踏几乎结束，但刚刚过去的悲恸哭声依然回荡在废墟的上空。

我经常倾听我的长兄怀着痛切无望的惋惜心情，讲述一个热情友好的、有着传统的天然友善，而且温馨的、生活中充满朴素信仰和礼仪诗歌的社会。然而，所有这一切，只是我背后一个正在朦胧地平线上的金色暮霭中消逝的影子——围绕我童年的一个无所不在的事实是，一群西方商人新建的现代城市，以及尚未习惯地试图进入我们的生活的现代精神，它一路磕磕碰碰地撞到许多异常之物。

然而，虽然城市的这种封闭起来的冷酷无情是我对世界仅有的体验，但我的心灵中却不断萦绕着一个流亡者思乡的种种幻觉。每每想到此处，都让我有诧异之感。似乎是这样，潜意识中对一个原始的居住地的记忆——在我们祖先的头脑中，绘声绘色地留下了沉默的岩石的奥秘、湍急的流水和森林隐秘的私语，正以它的召唤不断地激发我的热情。我内心的一些阴影遍布却栩栩如生的回忆，似乎想知道我出生前曾与原始生命共享的、具有无限魅力的大地、流水和长空的休憩地和玩耍场所。在印度的令人恍惚的正午，炽热的太阳下高飞的鸢尖细地鸣叫着，给一位孤独的少年送来了一个沉默的远亲的信号。我们的住宅界墙边生长着几株椰子树，它们就像一些来自我们这个地球的一支昔日侵略军的战俘，对我诉说着椰树那伟大的手足情与人类建立的永恒友谊。

回顾我童年时代的某一时刻，我的整个心灵似乎感到在苍穹和阳光的寥廓中平稳地飘浮，并因棕色土壤上的小草发出湿润的亮光而激动不已。我不禁相信，我的印度祖先一定在我的内心遗传了他们的哲学遗产——通过我们与万物和谐相处才臻于完善的哲学。我的学校的创立，就来自于我当年渴望拥有意识自由的记忆，这记忆可以追溯到我出生时的天际之外。

单纯独立意义上的自由没有内容，所以也就没有意义。完全的自由在于某种关系的完美和谐，我们在这个世界要实现这种和谐，不是要通过我们对它的认识，而是要用我们的生命对它做出回答。知识客体与我们认知者保持无限的距离，因为知识不等于和谐。因此说，远方的自由世界在等待着我们，我们就在那里实现真理，不是通过我们的五官感觉它，也不是通过我们的智力认识它，而是通过完全的志趣相投的合一。

儿童以其感官的新颖，直接感受到这一世界的亲切宜人。这是他们拥有的第一个伟大的天赋。他们必须如实且自然地接受这一世界，而且绝不能再失去与其进行直接交流的能力。为了完善自己，我们必须让肌体处于野蛮状态，而让精神文明起来；我们应当有能力以自然之道对待自然，以人性之理对待人类社会。我被放逐的灵魂栖息在城市生活造成的文明的孤独之中，而我的内心却呐喊着要将自己的认识范围拓宽。我就犹如一节诗中的一行，总是处于悬空状态，而另外一行诗，就能与之押韵，就能使之完满，只不过它被看不清楚的远方迷雾弄得模糊起来。我与其他儿童一同带给这个世界的、不用花费什么代价就能得到欢乐的能力，正在因与生活中沉重刻板的学习安排发生摩擦而磨灭，被单调的机械习惯和例行的礼仪规范所磨灭。

按照当时的惯例，我被送进学校学习，但我的痛苦可能比其他大多数儿童所遭受的痛苦更大。我内心对非文明的东西是敏感的；它对色彩、音乐和生命的活动怀有巨大的渴望。我们在城市中发展起来的教育，并不关注这一活生生的事实。它让自己的行李车等待着装载一包包的标有商标的畅销货。人的心中非文明的东西与文明东西的比例，应相对于我们的地球水与陆地的比例，而且水占主导地位。可学校却以持续的文明教化为自身的宗旨。如此对“流动要素”的排放会造成干旱，而这种情况在城市中却不会被认为是可悲的现象。然而，我的天性从未习惯于城市里的那些状况，还有人行道上表里并不如一的礼貌。非文明的东西在我的心中胜利得太快了，以致我刚到少年之时就脱离了学校学习。我发现自己搁浅在一个无知的荒岛上，只能完全依靠自己的直觉从头构建自己的教育。

我忽然想起，我在少年时极为幸运地弄到一部《鲁滨孙漂流记》的孟加拉文译本。我现在依然认为，这是至今为止给少年写的最优秀的书。少年时，我的心灵中有一种逃离自身从而与大自然中的一切融为一体的渴望。这种心绪似乎为印度人所特有，乃传统的意识扩张欲望的产物。必须承认，这样的一种欲望，其性质是十分主观的；但在我们不得不忍受的地理环境中必然要发生。我们生活在热带地区横征暴敛的酷虐之下，为了获得最起码的生存权利，每时每刻都得付出沉重代价。炎热，潮湿，靠汲取巨大生物营养的细小生物的惊人繁殖力，永远存在的可见或不可见的令人恼怒的根源，它们给奢侈的尝试留下了微不足道的资本富余。过剩的精力寻找妨碍自我实现的障碍。这就是我们为什么如此经常地在西方文学中找到对大自然的险恶不断进行强调的一面，并且西方人似乎仅仅因为醉心于向大自然挑战就乐于与她为敌。在亚历山大对世界的征服已宣告大成之时，他依然表示愿意寻找另外的世界予以征服。这就使得西方那些极度富于生机的人们，渴望在履行与诸多可憎的对象战斗这一崇高的使命之余，故意走出队列，在他人的通衢大道上展开自己的燕尾服后摆，以便被人踩踏时向对方索赔。为了使伤害自己的危险事情更为刺激，他们随时准备欢迎无穷无尽的麻烦，不惜伤害其他安分守己的生灵，诸如恰好会飞走的美丽鸟儿，栖息在人类难以进入区域的、具有特别优势但胆怯的野兽，以及……然而，在这方面，我还是不提更为高级的生物种类为妙，以免失礼。

生命为了趋于完善，会在征途中遇到持续不断的矛盾；但为了前进，这些矛盾是必不可少的。江河必须冲破土壤永无休止的阻遏夺路前进，其水流才得以免于凝滞。这些土壤反而成了江河的堤岸。战斗精神乃生命的天赋。必须为乐器调弦，并不是因为它在困难面前表现了一种习以为常的坚韧，而是因为它能够帮助音乐得到完美的体现。鉴于西方在与障碍的战斗中能够体会到胜利的喜悦这一伟大事实，西方生命乐器所有不同的弦都正在被调试，让我们为此而感到高兴吧。宇宙中心的创造精神，永远不会因为自身的原因而让所有的障碍消失殆尽。正是因为积极的真理存在于尽善尽美的理想中，而它必须通过我们自己的努力才能获得并为己所有，所以战斗精神才变得格外伟大。然而，这并不意味着对展现蛮力竞技或贪婪掠夺的野蛮行为给予奖赏。

在《鲁滨孙漂流记》中，一个冒险故事表现了与大自然合一的喜悦。在这一故事中，孤独的人面对孤独的大自然，既得小心对付，又得与她进行合作；既要探索她的种种奥秘，也要利用自己的所能以赢取她的帮助。

这是英勇无畏的西方式爱情冒险，但同样表现了对大地的积极追求。我记得我青年时的一次感受，在乘坐火车从布林迪西到加来横穿欧洲的旅途中，一种强烈的喜悦与惊异之情一直伴随着我。我意识到了这块大陆朴实无华的美，它在殷勤的恋人，即西方人长期的呵护下，到处都洋溢着健康与富饶的绚丽。他得到了她，使她为己所有，并将她心中无穷无尽的慷慨释放出来。我曾急切地希望，一个东方的虔诚信徒在其心灵孤独时所认识到的宇宙灵魂的内省想象，能够与西方的宇宙灵魂的外现精神——即运用意志从幽寂晦暝中将丰富的美与福祉展现在阳光之下——结合起来。

我记得一天早晨，孟加拉乡村庄的一个女乞丐，用其纱丽蓬松的一角将我桌子上花瓶中正准备扔掉的枯萎的花朵收起，以一种心醉神迷的温柔表情将脸埋在其中，大声地说道："啊，我心中的爱人！"她的眼睛能够轻而易举地穿透"外在形式"的面纱，直达存在于这些花朵中的无限领域。她在无限中感受到了自己的"爱人"，也就是伟大的"宇宙的人"的亲切触摸。可尽管如此，她依然缺乏敬神的心力，更缺乏西方人的直接礼拜形式，也就是缺乏人的仪式。人的仪式会帮助大地绽放出花朵，使美的王朝扩展到荒芜的土地之上。我并不认为，孪生的东方精神与西方精神，也就是马利亚与马大姐妹，可能永远不会相会并实现对真理完善的认识。然而，尽管我们东方面临物质贫困以及不利的天时，我依然耐心期待着这一会合。

当我想到要建立一所学校的时候，鲁滨孙·克鲁索求生的那个岛屿就浮现在我脑海。因为在那里能够毫无障碍地上好第一堂大课，即不但要通过爱，而且要通过积极的沟通和明智的手段，实现人与自然的完美融合。我们必须记住这一事实，爱与因为获取知识的目的不是为了炫耀，而是为了获得智慧。

For the object of knowledge is not pedantry but wisdom.

行动是获得完美知识的唯一媒介；因为获取知识的目的不是为了炫耀，而是为了获得智慧。学校的宗旨，不应该是单纯训练人的肢体和头脑，使之为应付各种紧急情况做好充分准备，而应当使之同生命与世界互相呼应，从而奏出完全合调、合拍的交响曲，在生命与世界的和谐之中找到平衡，也就是智慧。在这样一个地方给儿童们上的首要一课应该是即兴创作，那种不断地将现成知识强加给孩子们的做法在这里已被废除。要给儿童机会，让他们通过成功的惊喜来探索自己的能力。我必须要讲清楚，这并不是单纯的生活方面的一课，而是创造性方面的一课。生命可以变得复杂，而倘若在它的中心有一种充满活力的人格，它就仍会表现出创造的和谐；它会十分优雅地承担自己的重任，而不会单纯增加事物的数量，那样只会导致群体的膨胀。

我想，我还不能够说，我在自己的学校已经完全实现了自己的梦想。我仅仅朝着这一梦想进行了初步的尝试，并给予儿童们机会，让他们能够通过热爱大自然，从而在自然中找到自己的自由。爱即自由；因为爱使我们体会到存在的充实，从而使我们免于为极其廉价的物品付出自己的灵魂。爱以其内涵照亮了这一世界，而且使生命感到自己到处都能享有“足够的”爱，这真是生命的“盛宴”。我知道，有人通过赞美贫困在精神方面的优点来倡导对俭朴生活的崇尚。但我无以想象，当贫困只不过是一种虚无时，它会有什么特殊的价值。只有心灵具有敏感且能够对实在的深切呼唤做出回应时，它才会自然而然地摆脱事物虚假价值的诱惑。正是麻木不仁剥夺了我们单纯的享乐能力，使我们必然有失尊严地对家具产生一种势利的骄矜，并使我们注定要愚蠢地承担起昂贵物品的重负。然而，苦行主义的麻木不仁与奢侈享受的麻木不仁相互对立，只不过是人们借助一种罪恶同另一种罪恶进行的斗争，犹如将无情的沙漠魔鬼邀来取代不分青红皂白的丛林魔鬼。

我会竭尽全力在我学校的儿童中培养他们对大自然的新鲜感，即在他们与他们所处的人类环境的关系中，借助文学、节日礼仪，以及敦促我们通过灵魂接近世界从而无可限量地获得这一世界的宗教教义，培养他们的灵魂敏感性——这就如同只有让一件乐器奏出乐曲才算真正地拥有了这乐器。

第十三章　精神自由

侵袭我们生命的伤害有很多；它们破坏各种生命功能的和谐，而我们的物质自身与物质世界的和谐，正是由此才得以维系的；这些伤害被称为疾患。还有压抑我们智力的诸多因素，它们损害我们的理智心灵与理性宇宙之间的和谐，我们将它们称为愚蠢、无知或疯狂。它们是破坏我们人格中所有平衡的、激情失控的夸张表现。它们弱化了个人的精神与“宇宙的人”的精神之间的和谐，我们将它们命名为罪恶。在所有这些情况下，我们对“宇宙的人”的认识，对他在物质、理智和精神方面的认识，都会遇到障碍，而我们在物质、心灵和精神领域的真正自由，也就变得狭小或被扭曲。

印度所有的高级宗教都宣扬通过修行达到解脱，也就是实现灵魂的解放。通过我们的这一本性，我们意识到个体存在的意义，而我们有限的个人天性的表现和享受都在个人的所有活动中得到体现。通过我们的灵魂，我们意识到了存在于我们心中的超验真理，也就是“宇宙的人”“至高无上的人”；而这一这一放弃并不在于否定自我，而在于奉献自我。

This renunciation is not in the negation of self, but in the dedication of it.

灵魂，即精神自我，为了至高无上的灵魂，甘愿放弃个人的自我，并以此获得满足。这一放弃并不在于否定自我，而在于奉献自我。这种愿望源于一种本能，它通常模糊地知道自身的意义，可以通过搜寻一个名称来界定其目的。这一目的就在于实现它与某种客观的完美理想的合一，与实现个人与无限的人之间关系的某种和谐。《奥义书》上说，真理不会停留并隐秘于能够在万有之中发现自己的人心中，它讲的正是这种和谐，而不是一种无益的孤立。

有一次，我造访一个遥远的、主要由信奉伊斯兰教的农民栖居的孟加拉村庄，那里的村民用戏剧表演欢迎我的到来。剧中反映的是一个有关许多世纪以前曾产生过广泛影响，但如今已经过时的宗教派别。虽然这一宗教本身已经不复存在，可它的声音依然继续向一个民族宣扬着自己的人生哲学。尽管这个民族的人们具有不同的文化，却对此百听不厌。它根据自己的教义论述不同的要素，即构成人类的包括肉体、自我和灵魂在内的人格成分，有物质一面的，也有超验的另一面的。接着是一篇对话，对话中讲了一个人的故事：他要前往极乐园布林达班进行朝圣，但却遭到一名更夫的阻拦，并指控他偷窃，这让他感到惊诧不已。当更夫指出他企图将“自我”暗藏于自己的衣服里偷偷带进乐园时，这桩偷窃案竟然得以被证实——自我只这一目的就在于实现它与某种客观的完美理想的合一，与实现个人与无限的人之间关系的某种和谐。

This objective ideal of perfections, some harmony of relationships between the individual and the infinite man.

有放弃自己才能实现自我。罪犯连同他私藏的显示他有罪的包袱一同被拿获，他所通向自己的终极目标的路途被堵塞了。竹竿支撑的破烂天篷下，仅由几盏冒烟的煤油灯照明，村民们聚集一处，间或被附近稻田中胡狼的嗥叫声打断。他们始终怀着浓厚的兴趣，直至次日凌晨，在似乎与之格格不入的舞蹈、音乐和幽默对话构成的背景中，观看一部探讨万物终极意义的戏剧演出。

这一例证表明，在印度，诗歌与哲学是多么相得益彰地携手前进，就是因为哲学宣称自己能够导引人们走上使人生切实可行地得到满足的道路。可这一所谓的满足是什么呢？是我们的真正的自由。其祷语如是说：

将我们从不真引进真实吧。

因为“真”就是“喜”。

在艺术世界里，我们的意识不受自身利益的困扰，我们可以毫无障碍地看到和谐，也就是“真”的化身。“真”是一种永恒的喜悦。

如同艺术世界，在精神世界中，我们的灵魂期待着摆脱自我状态，以达到无私的喜悦境界，这是创作的源泉和目标。它呼唤着解脱，即在与真理的和谐中得到自由。解脱的这一思想影响了我们印度人的生活，触及纯粹情感和祈祷的源泉；它凭借诗歌之翼飞向天庭。我们经常听到无知无识但只有信仰的人，向救世女神度母祈祷：

“究竟因为什么罪孽，我被迫留在这一现象世界的地牢之中？”

他们害怕远离真实的世界，害怕总是漂流在事物的泡沫中，害怕到处沉浮于欢乐和痛苦的浪潮上，永远寻找不到生命的终极意义。这些人中，可能有赶着马车前往市场的车夫，也可能有经常撒网的渔民。倘若向他们问及他们所唱之歌有什么较为深刻的含义，他们可能不会立刻给予包含什么智慧的答复，但他们内心中却深信不疑：所有苦难的永恒根源，与其说是缺乏生活的家具，毋宁说是对生命的意义模糊不清。不恰当地强调“我”与“我的”，扭曲了真理的思想，因而对之谴责已经成为寻常话题。他们常常看到，社会地位或学识修养并不比他们高的人，将自己所拥有的一切抛在身后去寻求真理。不是这样吗？

他们知道，这些冒险家们的目的，不是增加世俗的财富和权力——而是解脱，也就是自由。他们可能认识某个与自己操同一手艺的贫穷村民，在尘世生活中履行自己的天职，但却在“永恒的人”的心中获得精神解放的好名声。我自己就遇到过这样一个渔夫，他虽然整天在恒河上打鱼，但却全身心地歌唱颂歌。我的船夫将他指给我看，神情十分敬畏，说他是一个精神获得解放的人。我们的社会给人设定了常规价格，将他们分为等级，就像商店橱窗里按照市场价值陈列的玩具。但他真的是个例外。

当这个渔夫的形象浮现于我的脑海时，我不禁想到，将自己的生命放歌于自由灵魂之史诗的人们，其数量一定不少，但他们远不能名垂青史。这些质朴的印度农民深知，皇帝只不过是冠冕堂皇的奴隶，长期束缚于自己的帝国；百万富翁被命运囚禁在自己财富的黄金牢笼；而这个渔夫却自由地在光明的王国徜徉。在黑暗中摸索，我们会紧紧抓住撞上的任何东西，以为它们是我们唯一的希望。当光明来临，我们放开双手，发现它们只不过是我们与之关联的万有组成的一部分。朴实的村夫知道自由是什么——摆脱自我造成的孤立，摆脱贪恋财物造成的孤立——孤立使我们的占有意识变得极为强烈。他还懂得，这种自由并不在于全然否定约束，并不在于我们应该一无所有，而在于能够给我们的生命带来极度喜悦的积极觉悟。于是他唱道：“身潜心中的人，什么都可以得到。”他接着唱道：

让我的两种心灵汇合，

并将我导向奇境之城。

我们的一种心灵在外面缤纷的世界游荡以寻觅各种物质财富，而我们的另一种心灵却内在地追求对合一的认识，于是它们不再发生冲突，就会帮助我们认识“不可言喻者”（*ajab*，即 *anirvachaniya*）。诗圣迦比尔[①]（Kabir）歌唱的诗歌也蕴涵同样的寓意：

说“最高实在”只寓于内在的精神王国，我们就使外在的物质世界蒙受羞辱；还说他仅存在于外部世界，我们没有把真话讲出。

按照这些歌手的说法，真理在于和谐，因而自由在于对真理的认识。我们日常的礼拜和默念的经文，是为了训练我们的大脑，从而使之攻克将我们与其他的存在物隔开的壁垒，并使我们认识不二论，即“最高合一”。而“最高合一”就是无限。正是普遍表现在印度民众头脑中的哲学智慧，激励着我们祈祷，也就是我们的日常精神活动。它不断敦促我们超越现象世界，

① 编者注：印度的神秘主义者、诗人。

因为现象世界中单纯作为事实存在的事实，对我们而言简直格格不入，犹如纯粹的来自异域的音乐之声。它呼吁我们在万物的内在真实中获得解放，此中，无穷无尽的“多”显现为“一”。

物质世界中的自由，也有着以自身语言表达的相同的意义。当各种自然现象在我们面前显得互不相关，似乎以一种模糊而又无理的奇想来表现其形形色色时，我们就生活在一个异域的世界中，从不梦想在其领地获得我们的自治（*swaraj*）。通过发现这一世界运行的和谐和我们的理性活动的和谐，我们便认识到我们与这一世界的合一，因而认识到我们的自由。

在对这一世界的进程产生误解中成长起来的人们，并不知道他们自己因为与知识和智力的关系而融为一体，因此绝望地认为命运在冥冥中施与的种种打击皆为定数，从而变成了懦夫。他们的人权被剥夺时，他们不经任何斗争就听任摆布。因为在一个不断给他们强加各种无法理解的、令人惊异的不测事件的世界里，他们已经习惯想象自己天生就是不受法律保护的人。

同样在社会领域或政治领域，自由的缺乏基于三种异化精神，也就是对“一”的不完全认识。我们从中受到束缚，其原因就在于合一的链条遭到扭曲。人们可能认为，鉴于所有的关系意味着对他人的义务，因此，成功地与自己的同伴断绝关系的人可谓获得真正的自由。然而，我们知道，在人类世界中，只有完善合理的相互依存才会导向自由。这是千真万确的，尽管听来可能有些悖谬。人类中拒不承担任何责任的、奉行极端个人主义的人，是无从获得充分表现的野蛮人。他们鸦雀无声地生活，犹如尚未充分点燃的火，不能冲破烟雾的笼罩而将自己解放出来。只有能够推动相互理解与合作的人，才可能摆脱暗淡无光的生活所造成的隔离状态，并从中获得自由。自由的成长史，就是人际关系的完善史。

人们完全可以这么说，存在即罪恶，仅仅由于我们自身的盲目性、而错失了其中正好有我们存在的真理的什么。倘若一只鸟尝试只用单翼飞翔，它会因为风将自己击翻在地而发怒。所有支离破碎的真理都是有害的。它们之所以造成危害，是因为它们向人们暗示着某种它们并不能提供的东西。死亡并不伤害我们，但疾病却能。因为疾病不断使我们联想到健康，但又让我们求之不得。下流社会的生活是罪恶的，因为这种生活显然是不完善的，但却故作一切已成定局之态，给予我们酒杯，却不让我们畅饮生命之琼浆。所有的悲剧都源于残缺不全的真理，源于真理的循环未能完成。当个人认识到宇宙的人并获得自由时，这一循环即告终结。

可是，因为这一自由在于真实本身，而不在于其表象，任何为贪图硕果之心而强行开辟的急于求成的道路，都不能成为不存在外在的、以歌喉获得自由的手段，只有失去我们自己的这一内在过程才能将我们导向自由。

There is no external means of taking freedom by the throat. It is the inward process of losing ourselves that leads to it.

真正之路。一位崇高世界的默默无闻的乡村诗人唱道：

急欲富贵的残酷的人呀，难道你非得用火将仍是花蕾的思想烧焦？你在不耐烦时会使它支离破碎，并使它香消玉殒。难道你没有看见？我的神，至高无上的导师，要许多世代才能使花朵完美，而且从不因急躁而暴怒。但由于你的极度贪婪，你仅仅倚仗力量，那你还有什么希望，急欲富贵的人？诗人马丹说道："请不要伤害我导师的心灵。要知道，只有追随朴素的潮流并摆脱自我的人，才能听见他的声音，急欲富贵的人呀。"

这位诗人知道，不存在外在的、以歌喉获得自由的手段，只有失去我们自己的这一内在过程才能将我们导向自由。一切各种形式的束缚，在内在的自我中已然设有堡垒，却没在外部世界布防；它存在于我们越来越模糊的意识中，存在于我们越来越狭隘的眼光中，存在于我们对事物的错误估计中。

请允许我借用流传了一百多年的孟加拉巴乌尔教派的一首颂歌来结束本章。诗人在歌中唱到无限与有限的灵魂之间合一的永恒关系，而在这一关系中根本没有解脱。因为爱是终极的，因为正是相互的关系使真理变得完全，因为绝对的独立就是十足的奴性所表现出来的茫然。这首歌如下所述：

灵莲已经持续开放有许多世代，你束缚于它，我也束缚于它，我们都无从逃脱。它的花瓣永无休止地绽放，它的花蜜甘甜芬芳，就像一只着魔的蜜蜂，你绝对不会弃它而去，所以你身受束缚，我也身受束缚，解脱无从解脱。

第十四章　人生的四阶段

我已经明确说过，我只专注与人有关的宗教主题，旨在帮助人们就其人的方面培养自己对待无限的态度和行为。同时，还必须理解，印度人的思想从来就倾向超验主义，并不认为宗教是终极的，而是通往更加遥远目标的一种手段。这一目标就在于个人超越人性自身的极限，在宇宙精神中获得完全解放。

对于西方读者而言，神秘主义的这样一种极端形式，可以通过科学中的类比予以解释。因为科学确实可以被看成是物质知识领域中的神秘主义。它以抽象概念原理，帮助我们超越现象而直达事物的内在本质；它将我们的心灵从感官的奴役中解放出来，使之获得理性自由。

在我们看来显而易见的对世界的常识性看法，对于我们自身具有极其重要的意义。出于我们的实际目的，地球是平的，太阳确实在西方地平线后面落下；不管伟大的数学家怎样断言时间的行为如何缺乏一致性，我们在校正自己的手表时还是应当对时间给予充分信赖。在涉及与艺术和我们的日常普通业余爱好有关的问题时，我们必须按照有形的物体所呈现出来的样子对待它们，而不能按照它们的实质特征来处理它们。然而，科学所揭示的事物真相，即使它们为人的直觉能力所无从认识时，也会让他产生一种至为纯粹的非私利的喜悦之感，并给予他所在的世界一个超感觉的背景。科学提供我们难以解释的物质知识，它们常常超过了我们的想象范围。我们追随那些已经将自己的理智训练得能够摆脱现象世界或个人偏好所羁绊的教师们，谦恭地接受这些知识。他们的心灵寓于一种非人格的无限，那里没有善良与邪恶、高贵与低贱、丑陋与美好，有用或无用，那里所有的事物都享有一个共同的权利，即获得承认的权利，也就是存在的权利。

印度所追求的最终的精神自由，具有一种相似的认识特征。它越过人格的所有界限，摆脱所有道德的或审美的差异；它是对神，即对充满无限光明的终极实在的纯粹意识。虽然科学可以将我们的思绪引至心灵疆域的极限，但它并不能超越它自身的由逻辑符号相互和谐所创造出的产物。对它而言，雏鸡是从蛋壳中孵出来的，而不是出自对鸡性的限定。然而，在印度，据说瑜伽这个词通过对注意力和寂静的强烈关注，我们的意识确实达到了那种无限，即知识不再是知识，以及主体与客体成为一体的无以界定的存在状态。

我们有我们的个人本性。它有自己的种种欲望，力图建立一个可以使这些欲望不受制约并得到满足的世界。随着时间的流逝，我们发现，只有牺牲这一本性，我们的自我实现才能臻于完善。这一事实让我们意识到，个人只有在包容所有个体的基本实在——即作为人类价值观念领域的道德与精神基础的实在中，才能找到自己的意义。这是属于我们的宗教。正如科学在普遍存在的理性中，且只能在人的理性中，使我们的认识得到解放；宗教也是同样，只有在具有人性普遍存在的“原人”中，我们个人的人格才会得到解放。

印度古代的心理探索者们宣称，我们的解放还可以继续深入，以达到一个无限不为人的种种缺陷所束缚的境界。但他们并不满足仅仅把它作为一种学说提出来，他们主张以此来追寻人的最高目标的实现。为此，修行之路已轰然洞开。它贯穿于我们的一生，展现于人生的所有阶段，帮助我们使自己的人性臻于完善，以至于我们在最后的自由阶段可以超越它。

对人而言，完善包含两个某种程度上可以分离的方面，即存在的完善和行为的完善。完全可以想象，通过某种训练或强制，一个为人不善之徒或许可能被迫行善。懦夫也常常采取具有致命危险的行动，尽管他们意识到其中的风险。这样的行为可能是有益的，并且可能在行为者的后代身上继续存在下去。

为了实现与“宇宙的人”的合一，个人必须过一种完善的生活，只有这样才能使他获得超脱生活的自由。

In order to realize his unity with the universal, the individual man must live his perfect life which alone gives him the freedom to transcend it.

然而，问题不在于功利，而在于道德的完善，我们认为这一点很重要，即个人要真实地行善。他的外在好事可能继续产生好的结果，可他的人格的内在完善有着更大的精神价值，即对他个人而言是精神上获得了自由，而对人类而言则是一笔无穷无尽的财富，不过我们对此可能并不知晓。善，表明我们的精神已经摆脱了自我主义的清高孤独；在善中，我们将我们自己与普遍的人性视为一体。善的价值并不仅仅在于它对我们的同类有益，而且在于它所蕴涵的真理本身。于是我们在心中意识到，人不仅仅是一种为个人的各种情感和欲望所束缚的动物，而且也是一种具有自由无羁达到完善之境的精灵。善，表达着我们的自我在人类世界之中的自由，爱亦如此。我们的内心必须是真实的，这不是为了履行尘世的职责，而是为了达到精神上的满足，唯其如此才能与“完善的人”和谐，与“永恒的人”合一。倘若没有达到这一境地，那么机械的完善反而比精神的完善有了更高的价值。为了实现与“宇宙的人”的合一，个人必须过一种完善的生活，只有这样才能使他获得超脱生活的自由。

毫无疑问，大自然出于自身的生命过程意图，通过让我们一直对死亡不以为意，从而在我们的心中培育出一种对生命的强烈信念。尽管如此，不但我们的肉体存在，而且包括在其周围建立起来的环境，皆有可能在我们志得意满之时将我们抛弃。

于是，鼎盛走向终结，消失为一片空寂；最为强盛的帝国在其节日的灯火摇曳中猝然陷入昏睡。所有这一切，并不因为它蕴涵的道理太过老生常谈，让我们一想起就感觉厌烦，从而就变得不那么真实。

而同样真实的是，尽管我们与尘世的所有联系都会有其终结之时，但只要它们存在一天，我们就不能无视它们。即使我们仅仅因为它们不会永远存在下去，就在行为时仿佛它们并不存在，可它们照样向我们索取它们应得的赋税，而且还要以罚款的方式超量征收。试图无视真实的联系，尽管是短暂的，也加强并延长了它们对我们的束缚。灵魂是伟大的，但为了找到它就必须超越自我。我们不能通过毁坏自己的路来达到自己的目标。

我们古代印度的导师已经认识到，人的灵魂确实是非常伟大的。他们视灵魂的尊严无限无界，只在“梵天”之身才能臻于完满。因此，任何对于人的有限的看法，都是不完全的观点。人倘若仅仅是一个“市民”或“爱国者”，他就无以达到自己的终极境界，因为无论“城市”还是“国家”，抑或名为“世界”的幻觉，都无以容纳他永恒的灵魂。

曾经的国王薄罗德里诃利说：

即使你已经堵上了所有欲望的源头，又会如何？即使你已经将脚踏在敌人的颈项上，或是幸运在你的身边聚集了众多朋友，又会如何？甚至即使你已成功地让自己的凡胎肉体永世长存——*tatah kim*，那又如何？

这就是说，人比自己欲望中的所有这些目标都更伟大。他在自由中显出自己的真实。

然而，在获得自由的过程中，人必须约束自己的意志以图精蓄锐，让自己的意志力免于分散和浪费，从而使之获得来自约束所产生的速度。那些在纯粹政治层面上寻求自主权的人，持续不断地限制自主权的运用，并将他们的思想自由和行动自由压缩到非常狭隘的程度。足以保证政治权力的安全，通常以牺牲良心的自由为代价。

印度起初接受了对自己的社会制度的约束，为的是超越这一社会。这正如骑手给自己的马套上缰绳，并让自己的脚踏入脚镫，其目的是保证以更快的速度驰向自己的目标。

当然不能如此荒谬地构想宇宙，认为欲望是一首没有终曲的无休止的歌。正如乐曲在其间戛然而止令人不悦一样，一首乐曲在终结之时终结，应当是令人欣快的。

印度没有在我们全力进行工作之时中途猝然而止。显而易见，自开天辟地迄今，世界的行进虽历经坎坷，却一直都是永无止境地向前；但同样显而易见的是，任何个人与这一世界的联系确有终时。难道他一定要在没有取得任何满足感的情况下离去吗？

所以说，在我们印度过去对人的尘世生活的划分中，工作居中，自由居后。正如一日划分为早晨、正午、下午和傍晚，印度曾按照人的天性所需，将人生划分为四个部分。白天之光有着强弱盛衰之变；人的体力也有强弱盛衰之易。鉴于对此观点的认可，在印度，人生从始至终被赋予四个阶段彼此相关的意义。

首先是梵行期（*brahmacharya*），即教育训导之期；其次是家居期（*garhasthya*），即尘世劳作之期；再次是林栖期（*vanaprasthya*），即离开世俗羁绊退隐山林之期；而最后是遁世期（*pravrajya*），即期待死亡之后的自由之期。

我们已经将人生看作一场与死亡的战斗，即入侵之敌，而非自然终结。在这一与之无力的争吵中，我们度过了人生的每一阶段。当青春离逝之光来临时，我们总是全力以赴地予以阻挡。当炽烈的欲望之火减弱时，我们总是以我们自己发明的新型燃料来使它二次烈焰腾腾。当我们的感官衰退时，我们迫使它们勉为其难地延长继续。甚至当我们的握力已经弛缓时，我们依然不愿放弃自己的财物。我们没有受过这种训练，将不可避免之事视为理所当然，所以不能体面地放弃无可挽回的东西，非得等到各种需求从我们手中被夺走时不可。真理以征服者的姿态出现，只是因为我们已经失去了将它当作客人接待的艺术。

正在成熟的水果的茎梗开始松动，果肉开始变软，但种子却开始变硬，为来生做好储备。我们由于年老造成的外表损耗，同样有着相应的内在收获。然而，在人的内在生活中，意志起着主导作用，因此这些收获取决于他自己训练有素的努力。至于未有受过训练的人，往往疏于为人生的下一阶段做好这样的储备。可以看到，他已经白发苍苍，牙齿掉光，肌肉松弛，但他依然紧抓生命，极不情愿松手将它放走，以致对自己身后尘世的细枝末节，他都渴望行使自己的意志。

然而，我们必须放弃。只有通过放弃才能有所收获，这是内在世界的真理。

花朵必须为了结成果实才将花瓣脱落，果实必须为了树木再生才让自己坠落入地。胎儿离开母腹的庇护，以便身体和心灵得到进一步的发育，其生命的全部意义就在于此。其次，灵魂必须走出这一自我封闭的阶段，进入更为丰富的生活领域，从而与亲人及邻里建立各式各样的关系，并与他们一道组成一个更大的群体。然后是最后的阶段，身体衰老，欲望减弱，随着自己阅历的增加而变得内涵丰富的灵魂，离开较为狭隘的生活范围，奔向浩阔无垠的生活领域，从而将自己积累的智慧奉献出来，与此同时自己也进入了与“永恒的生命”建立联系的阶段。如此这般，当最终衰朽的肉体到了山穷水尽之时，灵魂却非常静谧、毫无遗憾地看着自己与肉体分离，期待着自己进入到“无限”中去。

从个体到社会，从社会到宇宙，从宇宙到“无限”，这就是灵魂的通常的旅程。

因此，我们的导师将这一旅程的目标牢记在心，规定在人生的第一阶段也就是接受教育的梵行期，不仅要学习书本知识或认识事物，而且要在生活中遵守各种戒行。如此一来，享乐和苦行，都会同样容易地成为人得以强化的品格。人生就是一次朝圣的旅程，以在梵中获得解脱为其目标，度过一生就犹如在人生的不同时期，虔敬、警觉而又坚定地，完成一种精神操练。弟子，从一开始就始终胸怀这一终极目标。

一旦心灵拒绝接受有节制需求的束缚，它就不再有在任何特定的限度内要求停下的理由。所以，就像试图以油灭火一样，心灵的收获只会使自己的欲望之火燃烧得更加猛烈。这就是为什么从一开始就使心灵习惯于意识、渴望，保持在自然的限度之内，并且培养与自由精神相关的享乐精神，也就是乐于苦行的精神，二者都是至关重要的。

在这样的训练期之后便是尘世生活，即家居期。摩奴告诉我们：

在以智慧追求尘世生活之时，倘若不与世界接触，我们就不可能卓有成效地节制自己。

这就是说，只有通过生活实践，智慧才会完满；与智慧分离的戒行并不是真正的戒行，仅仅是对习俗的毫无意义的遵从，而这不过是对愚蠢的掩饰。

行，尤其是善行，只有在学会克制欲望时，才会变得容易实行。那么，家居者的家，就仿佛成为一个所有人的福利中心，而不再是障碍，因而有助于最终的解脱。

人生的第二个阶段就这样度过了，于是体力的衰退必须被视为一种警告：人生就要自然地走向自己的终点了。一定不要黯然地把它看作送给依然眷恋着原来职位的那个人的一纸解聘通知书，相反，要欣然地接纳它，因为成熟时期或许可以被当作人生的圆满阶段。

胎儿在离开母腹后，还必须要依偎在母亲身边一段时间。尽管他已经与母亲分离，但是在这段时间他依然处于依附状态，一直延续到能够使自己适应新的自由为止。人生的第三阶段的情况亦复如是，人此时虽然已经远离尘世，却依然与之保持联系；与此同时，他已经在为自己最后的完全自由时期做准备了。他还是得将自己丰富的智慧奉献给尘世，并接受尘世的供养；但这种交换却并不具备与家居期同样的亲密性质，因为出现了新的距离感。

然后，连这样的松散关系亦须结束之日终于到来，获得解放的灵魂摆脱所有的联系，前去直面“最高灵魂”。

仅以此种方式，人的尘世生活才从始至终真正地过完，而不必每走一步都试图同死亡较量，并在死亡真的适时到来之际，不会像遭遇所向披靡的敌人那样被征服。

由于这种四重的生活方式，印度的人与宇宙的崇高和谐一致，不给猖獗的个人主义那未经训练的欲望以任何余地，来毫无约束地推进自己的毁灭进程，而是将其导向“最高灵魂”，从而使之得到终极调节。

倘若我们真的相信这一点，那么我们就必须认可一种人生理想：在这种人生中，别的一切——例如显示个人权力，炫耀国家武力——必须被认为是次要的，而人的灵魂必须取得胜利，并将自己从人格的联系中解放出来——人格总是使灵魂处于一个不断旋转的局限循环中。

倘若情况不是这样，*tatah kim*，那又如何？

然而，这样一种完全消灭个体差异的生活理想，在印度并没有得到普遍赞许。我们当中的许多人所崇奉的是二元论，因此对他们而言，与神的虔诚契约可以永远地延续下去。对于他们，宗教是一种终极的真理，他们并不艳羡那些准备超越人性而驶往存在于更为遥远的彼岸的人们。他们知道，人的不完善是我们痛苦的原因，可就在我们的局限性这一范围内，却有一种爱的满足，既能接纳所有的苦难，又能超越所有的苦难。

他所得到的真理，远远超越自己的需要；他的自我实现，奋力越过自我个人利益的疆界。

His achievement of truth goes far beyond his needs and the realization of his self strives across the frontier of its individual interest.

第十五章　结语

在梵语中，鸟类被说成是“再生的”，一次是诞生在自己有限的卵壳之中，一次乃最终诞生于寥廓无垠的天空的自由之中。我们的社会中那些相信人的有限自我可以在精神自由中获得解放的人们，保留使用相同的词语。在人生的所有活动领域，人都表现了这种两重性——他存在于显而易见的现实范围之内，以及在深邃的意义领域中对这一存在的超越。

由于他的心灵中固有的这种总是暗示他越界的本能，他从不将任何显而易见的什么当作定论予以接受，他持续不断的奋争就是要打破自己的种种局限所构成的卵壳。他在进行这种努力，常常违反自己种种至关重要的天性本能，甚至为自己蔑视生物王国极端严厉的刑法而欢欣鼓舞。他那优异的文明财富，是他在前往“永无止境的彼岸”持续不断的冒险活动中遵循这一本能的指导而取得的。他所得到的真理，远远超越自己的需要；他的自我实现，奋力越过自我个人利益的疆界。这不但向他证明了他的无限，而且由于他自身在真与善这两方面的表现，使他的宗教对于他而言成为一种真实。只有人才会有宗教，因为人的进化，起始于他在自然界中的各种能力表现，朝着精神的完善之路发展。

按照某些对吠檀多学说的解释，梵是绝对的“真理”，是非人格的“它”，其中不会存在彼与此、善与恶、美与对立面的区别，除了它在自己完全空无一物且完全没有任何思想意识的、永恒的孤寂中不可言说的狂喜之外，没有其他别的什么。

然而，由于我们的宗教只有在我们人的自我所充分理解的现象世界中有其意义，这一关于梵的绝对思想不在我所论的主题之内。我在本书中试图说明的事实是：无论我们给予神的“实在”以什么名称，它已经因为它所具有的人的性质，在我们的宗教史上获得了自己的最高地位，赋予罪恶和神圣的思想以意义，为所有与人的自身天性和谐相关的完美理想提供永恒的背景。

印度，如我从前所提到的，拥有一种古老悠久的传统：通过瑜伽术，人能够超越他人性的最高极限，并且觉悟到自己处于与“上梵”浑然合一的纯粹意识状态中。谁也没有权利否认这一信仰，因为它属于直接的体验感悟，而非逻辑问题。在印度，人们普遍相信，一些人有能力暂时地达到三昧（*Samadhi*）境界，即将自我完全融入无限的合一——一种不可言说的境界。我以他们的证据为信，也让我们同时相信其他人的证据，他们感悟到一种深厚的爱，一种强烈的合一情感，这是对“存在”的爱，其自身包含人的知识、意志和行动的所有万物。他就是神，不仅是真实存在的事物的总汇，而且是远远超越所有囊括在过去和现在之中的目标。

附录一：孟加拉巴乌尔教派

（下面是我的同事和友人、桑蒂尼盖登学校的克希蒂·莫汉·森教授发表在《*Visvabharati* 季刊》杂志上关于北印度巴乌尔教派的文章，对他允许我在附录中使用他的这篇文章，向他表示深深的谢意。）

巴乌尔的意思是“冲动”，来自 *bayu*（梵语，Vayu），具有“神经流向”的原义，因而演化为指不遵守既定社会习俗的人们。这一出处可以被以下纳拉哈里的诗歌所证明：

兄弟，那就是为什么，我成为一位不羁的巴乌尔教友。
我不遵从主人，也不遵守戒令、规则和风俗。
现在，没什么人为的区别将我的行为约束，
我只狂欢于我自己涌动的爱的快意中。
因为爱中不会有分离，总是处于合一。
所以我在欢唱和舞蹈中，与每个人，与所有的人，陶醉于喜悦中。

这些诗句同样将我们引入对主要教义的狂热崇拜中。然而，巴乌尔教派通过外在冲动的各种形式活动中所寻求的自由，甚至走得更远，因为他们的自由中还包括由我们的欲望和反感所带来的冲动。因此，在这一崇拜中，为了获得真正的自由，一个人首先要弃绝物质生命，但与此同时，却要保存其肉体生命——因为只有这样，他才能摆脱所有对外部世界的索取。巴乌尔教派伊斯兰教背景的人把这种“生活中的死”称之为*fana*，一个由苏菲教派用来指称与“最高存在”合一的术语。在巴乌尔教派看来，真正的爱，是与任何“冲动”都不可调和的。除非必要的关系中断，否则解放就根本不可能实现。爱，表示生命财富超出了必需……从遍布于全球的强硬、实用政治到抽象的形而上的模糊领域，全印度都表明她自己有才能。可是，这些并没有——既没有个别地也没有整体地——构成她的特别的才能；没有什么显示出她自己能够将自己举到头顶，没有什么包含她那真正广大的最深处的实在。只有当我们到达“精神”之领域，到达“神实现”之领域，我们才找到印度民族真正的特质、境界和才能；正是在此地，印度才生活并行动在自己的“真理”之家。

普通百姓和无家可归的流浪者同样追随巴乌尔崇拜，但他们都不承认阶级或种姓，也不认可特别的神、庙宇或圣地。尽管他们在宗教节日的日子，尤其是毗湿奴教派的节日，在特别的中心广场聚会，但他们从不走进寺庙。他们在自己的礼拜或神秘的“修行”之地，不设立神像，不设立有任何宗教象征的标示。当然，他们有时也谨慎并怀有敬意地保留、接纳令人敬仰的宗教大师或教众的厅堂，但他们从不在那里礼拜。印度教和伊斯兰教社团的低层教众被欢迎加入到他们的行列，因此，巴乌尔教派反而被双方所诋毁。或许是他们自身对寺庙的不屑，开了拒绝底层教众进入寺庙的先河。他们说，我们拥有其他寺庙，这有什么必要，难道我们的肉体不是“至高无上的精神”所居处的地方吗？人的肉体，尽管被大多数其他宗教所看不起，却因此成为圣中之圣，因为在人体中，“神”被亲密地作为“心中的人”所保留。这样，智慧便成为被他们所树立的人的尊严。

迦比尔、拿那克、罗维达斯、达都以及他们的追随者，都同样把人的身体称作神的寺庙——即微宇宙，也就是普遍的“最高存在”的宇宙住所的象征。

迦比尔说：

在这个身体里，是“天堂的花园”；在这个身体里，有七个大海和无数星辰；这里是创始者的显现。

达都说：

这身体是我的经文；其中万慈之神为我写下了“他的”启示。

罗奢博（达都的主要穆斯林信徒）说：

教众的内心是一张纸，在上面可以用“生命”字母来书写经文。但少有人用心去读它们；他们对心的启示听而不闻。

大部分印度教派采取明显的做法，是保留头部发式和脸部胡须来表明自己所属于的教派或在教派中的地位。因此，为避免被误认为其他派别，巴乌尔教派干脆放任教众的头发、胡须的生长。“因此，我们保留自然而然的做法”，他们说道。锡克教徒在这一方面的类似做法应引起注意。巴乌尔教派同样不认为不穿衣服或赤身裸体就体现为宗教特征。在他们看来，身体的整体应该得体地被遮掩起来。因此，倘若不能买一件全新的长袍的话，他们会用块块碎布缝合成一件长袍。在这个方面，他们不同于苦行的乞丐（*sanyasins*），相反，却十分相像于佛教的和尚。

巴乌尔教派不相信任何人或任何事的超然彼此不相干；他们的中心思想是瑜伽，并以此为实现的手段，与神以及神的表现相连，并与之沟通。他们解释说，我们没能在人的肉体生命中看出神的庙宇，是因为它的光芒没有照亮。只有这一庙宇在每一个人身上都显现出来，真正的神的形象才能被看到，于是，相互的沟通和礼拜便会同时发生。真理不会传递给那些你所看低的人。你必须在他们身上看见神的光芒，因为正是你自己看不到神的形象，才使所有的一切看起来一片黑暗。

迦比尔表达了相同的意思：

在每个处所中，光都在闪耀；可是眼盲的你不能看见。当一遍又一遍地看过之后，你才能最终分辨出那光，这个世界的帷幕将被撕开。

正是因为信徒没有能够进行沟通，所以他才说目标很遥远。

许多类似的话语可以在巴乌尔教派和一些中世纪的上层信徒的言论中观察到，可是，与后者的追随者不同，巴乌尔教派并没有成为特别的宗教团体或宗教组织。所以说，在孟加拉巴乌尔教派中，一定有种心灵和精神的自由和独立，抵制所有界定的企图。他们的歌声独特，表达了勇气和快乐。可在现代社会的情形下，这些歌曲正变得日趋稀少，或是说它们最多表现出外在的特点而失去了最原始的本质。要是他们的文化在这个世界遗失之前没有对他们的成就记录保存的话，那可真是个极大的遗憾。

尽管巴乌尔教派依然遵循并保留诸多的派别和种姓特征，可印度教徒和穆斯林教徒主要来自最下面的底层社会，他们除了认为自己是巴乌尔教派成员之外，拒绝对调查者给出自己身份的其他表述。他们不承认任何社会或宗教的礼节，可是对总在发生变化的“生命游戏”感到兴奋异常；因为它不可能只用文字来表达，却可以通过不可言喻的节奏和曲调作为媒介，用歌声来表达其中的什么内容。

他们的歌从宗师传给门徒，而后者又把自己新增添的内容加入到歌中传给后人。然而，正像我提到过的，他们的歌从未收集成册，以书的形式记录下来。他们对问题的回答通常通过歌唱特别的歌词来完成。如果问他们为什么是这样的，他们就会说：“我们是鸟类。我们不用腿走路，可我们用翅膀飞翔。”

一个来自毕克拉姆普尔的婆罗门[①]，人们都称他为查库·塔

① 编者注：祭司贵族。

库尔，属于纳玛首陀罗种姓（被认为是最低等的）的巴乌尔教成员，而且他失去了他原来所在社团的地位。当被劝告说话要小心谨慎以避免众人的反感时，他以歌声这样回答：

让他们爱说什么就说什么地聊以自慰吧，
我过着自己的简单的生活方式，一切都不惧。
杧果的果实只会长出杧果树，绝不是蒲桃。
我的果实将成长为真正的我——荣耀我的宗师！

爱，是巴乌尔教派的主要原则。一位毗湿奴派信徒曾经问一个巴乌尔教友，是否他能意识到毗湿奴派教义中所列出的所有不同种的爱。他回答说："我这样一个无知文盲，怎会识得经文？"这位信徒接着便阅读一段经文，然后再加以解释，在这一过程中，那位巴乌尔教众极度地耐着性子将它听完。阅读、解释完毕后，问询他的看法时，他唱到：

我想，金匠已经进入到花园。
确定无疑地，他将会赞美莲花，
当然，是在他用试金石试过之后。

从较高种姓进入巴乌尔教派的人很少。一旦有人加入，他们一定要降到与他人同样的地位。一条船的下部船板一定比上部船板的重要性差吗？他们如是说。

有一次在毕克拉姆普尔，我与一位巴乌尔教友坐在河岸上。“前辈，”我问他：“为什么你们不把歌记录下来留给你们的后代歌唱呢？”“我们用自然（*sahaj*）的方法，”他回答说，“这样就不会在我们的身后留下任何痕迹。”当时河流恰逢枯水期，河水不多。只有几个船家正在泥潭中推着船只前进。那个巴乌尔教友接着说：“航行在涨水期的船只留下什么痕迹吗？这些不得已在泥潭中拉船而留下痕迹的船夫，他们知道用自然的方法吗？真正要做的努力是使一个人简单地漂浮在流淌在信众生命中的爱的水流中——把自己的爱和他人的爱交融在一起。巴乌尔教派中有许多不同种类的人群，但他们都是巴乌尔教众——他们没有其他的成就和历史。所有流进恒河的水流都是恒河之水。所以，我们必须将自身献给共有的水流，否则，就不会继续存在下去。”

另一个巴乌尔教友被问及为什么他们不遵从经文时，他回答说：“难道我们是狗，非得舔别人扔掉的东西？勇敢者从自身的精力中得到满足，他们创造自己的节日。”那些没有力量从自身得到快乐的胆小之人只好依赖别人遗留下的什么寻找快乐。

他们感到恐惧，生怕这个世界将不再有节日；他们把先人留下来的废弃物积攒起来，为的是未来之需。他们满足于祖先所取得的成就，并以此为荣，因为他们不知自己怎样来创造。”

如果你想了解一个人，

自然而然是最好的方式。

你必须努力才能进入自然而然的境界。

追随别人行为之路的人们啊，

只是从众随众，捡拾他们的虚假弃物，

自己能从“真实”中得到什么实情？

不难想象，这类如此想法的人，对于历史的记载而言，没有丝毫的用处！

我们已经注意到，像所有遵从自然方式行为的人们 样，巴乌尔教众不相信特别的神圣之处或朝圣之地，但他们依然在宗教节日的日子聚众集会。问他们为什么，他们就会说：

我们应当进入到其他船夫的快乐当中，聆听他们的召唤，

这样我们才有可能确保我们的船，正确地行驶在自然的流水上。

并非是人们过去的所说、所为，而是鲜活的人们的接触，才让他们感到有用。下面是有关朝圣思想的一首歌：

我的心，我可不想去麦加，也不想去麦地那，

你瞧，我总是住在我的“朋友”身旁。

如果我离他远去，不再认识“他”，我就会发疯。

在清真寺或寺庙或特别的圣日里，没有礼拜。

每走一步，我心中都有麦加或喀什；神圣存在于每一时刻。

如果一个巴乌尔教友被问到他崇拜此教多久了——无论他在某个人之先或之后，他都会说：“世界上只有人为的宗教才被时间所限。我们简单的、自然的宗教是不会被时间所限的；它既没有开始，也没有终了，它孕育在所有的时间当中。”在他们看来，《奥义书》和《宇宙古史》（*Puranas*）中的宗教信仰，甚至包括《吠陀》[①]中的宗教信仰，都是人为的。

自然崇拜的教众只相信活生生的宗教体验。他们认为，“真理”具有两方面特征：惰性的和活的。限定于自身中，真理对

① 编者注：是婆罗门教和现代的印度教最重要和最根本的经典，是印度最古老的文献材料。

人便没有了价值。当真理具体化为活生生的人格之中，它才变成无价之宝。教众把惰性变成鲜活的真理，就有如给奶牛吃草而挤出牛奶，或是通过树的僵死树干结出果实一样。凡是能把真理变为鲜活的人，皆被称作古鲁或宗师。他们对具有这样能力的古鲁深表敬意，因为永恒和无处不在的真理只能通过古鲁的生命才能带到人们的门前。

巴乌尔教众认为，时空的空虚正好用来当作游乐场。那就是为什么神已经在人的心中预设了虚空——为了玩“他自己”的“爱”的游戏。我们充满智慧和学识的人们，满意于在梵中找到“最终之物”。可并非学者的巴乌尔教众，没有因为宣称全然了解“最终之物”而大惊小怪，他们只想作为一个人。所以，他们的神就成为“心中的人”，有时就简称为人。只不过这一“心中的人”经常迷失在各等事情的混乱当中。当“他”在内心显现自己时，没有世俗的快乐可以了以满足。他们的唯一焦虑就是要寻找到这个人。

一个巴乌尔教友唱到：

啊，我何时才能找到“他”，我“心中的人”？

哎呀，自打我失去了“他”，我一直在寻找“他”，穿越了远近的大地。

这一与“他”分离的痛苦，他们是不能通过学问或人生哲学来加以缓解的：

啊，这些字词和这些字词，我的大脑可填充不了它们，
“至高无上的人”，它一定将会被发现。
只要我还看不到“他”，这些迷雾就不会满足我的渴求。
我发疯了；因为没能找到那个人，我发疯地乱跑；
为了他，我离开了这个世界；为了比舍，别无奉献。

这个比舍，从种姓来看，是一个 *bhuin-mali*，巴拉的门徒，the Kaivarta。

这种对“至高无上的人”的崇拜，只在《吠陀》中可以被找到，它隐含在《原人赞歌》（*Purushasukta*）中。另外，它更任意地被中世纪的印度信徒们所崇拜。大体而言，它同样表现在巴乌尔教派当中。这些目不识丁的被抛弃者的生活中如此简单、自然地所追求的神，却被公认值得信任的宗教领导者们在哲学体系和术语中、在祭祀和礼仪中、在惯例和庙宇中，给弄模糊了。

由于不满意经文中提到的“神的化身”，巴乌尔教派唱到：

我们看到的每一部经文中，都看到了“他的”化身。你用“他的”办法教会了我们什么？在每一出新剧中，“他”都完美地沉醉其中。

迦比尔同样告诉我们：

所有的人都不会看不到“永恒的合一”，但只有独处的信徒，才能识别出他。

我的一位朋友曾经对一位巴乌尔教友就为什么他的衣袍没有染成苦行僧的赭色的回答而印象深刻：

除非内部先被染色，否则颜色怎能显相其外？
难道果实在它的表皮上涂上一层颜色就能使它成熟且美？

巴乌尔教派这一对外在特征标示的反感，也被上层的印度教徒所共享，对此我已经提到过。

年代久远的二元论和一元论的争论，渐渐地被通往爱的路途中的人们所解决。爱是最简单的尝试，爱是最自然的沟通，所以，请相信巴乌尔教派。他们说，“二元和一元，都出自这爱的名称”。在爱中，会得到“合一的”，而不会失去个人的自我。

通过相同的爱，可以在物质世界的外在呼唤与精神世界的内在呼唤的矛盾双方之间达到和谐一致；同样，也可以实现个人与“最高自我”之间相互的爱。“神，即爱，”巴乌尔教众说，“单凭爱自身就可以将内部和外部的水流汇成一处。”

迦比尔说：

倘若我们说“他”仅仅在内部，那么整个宇宙都将蒙羞。
倘若我们说“他”仅仅在外部，那么这是虚假的。
“他”，双脚同时踏在有感知能力的物质和惰性物质上面，
填满了内部世界和外部世界的空隙。

人的躯体和宇宙的相互关联，只有通过精神努力才能付诸实现。这种努力被称为“通过肉体的实现”。

巴乌尔教派的“通过肉体的实现”的这一过程，被称为“水流上行”（*Urdha-srota*）。根据自然法则，水向低处流动。可是面对生命的到来，这一过程恰恰相反。当活的树种破土出芽时，汁液乃向上流动，其升高的程度与树的高度等齐。人的生命亦如此。他的欲望通常向下流动，趋于动物性特征。扩展精神性的努力就是要把人的向上水流送到光明之处。“动物生命”的水

流必须要转换为“神的生命”的水流。它们围绕着自我形成一个中心；它们必须通过爱的力量才得以上行。

达都的女儿，纳尼玛塔说道：

我的生命犹如流水之上漂浮的灯。

不知它将我带向何方？

神是如何征服世俗的，

且使向下之流水转而向上？

因为灯芯点燃，油势必向上流动，

如此简单地，肉体的渴求被毁掉。

瑜伽叙事诗告诉我们：

不洁的贪欲约束世界，洁净的渴望给了解放。

“水流上行”的说法同样在《阿达婆吠陀》中予以发现。另外，这一“相反”观念还被印度教信徒们看作“精美”（*sukshma*）中的总量（*sthula*）的改变。

巴乌尔教众唱道：

爱是我的试金石——它使欲望变为奉献：

大地想要成为天堂，凡人想要成为神。

“相反”观念的另外一个方面也被拉宾德拉纳特·泰戈尔在他的著作《打破的联系》(*Broken Ties*)中提及：“倘若我始终在“他”向我走来的同一方向行进，那么我与“他”的距离只能是越行越远。倘若我走相反的路，那么我们就可以相遇。“他”喜爱有形的东西，所以“他”不断地降临于有形的物体之中。我们不能仅仅凭借“有形”生存，所以我们必须要升华到“他的”无形当中去。“他”是自由的，所以“他的”游戏是相互关联的。我们联系在一起，所以我们在自由中找到欣喜。我们的所有悲伤，是因为我们没能理解到这一点。歌唱之人，将他的欣喜转换为曲调；倾听之人，将他的曲调转换为欣喜。一个人从自由中来却走进束缚之中，而另一个人从束缚中来却走进自由中去，只有这样，人们才相互沟通。“他”唱，我们听。“他”向我们歌唱之时，建立了我们之间的关联，而我们听“他”之时，却解开了这种关联。

这一思想也发生在中世纪我们的信徒身上。

崇尚“自然”行为的人们出于自身原因，努力地寻求一种“神的合一”的极乐。因此，平凡的欲望被看成是通往极乐路途中的主要障碍。为了跨过此种障碍，巴乌尔教派认为，智慧的古鲁并不建议弃绝尘世间的好事，相反，应该打开通往更高自我的门户。如此，人们得到了指导。迦比尔如是说：

我不合上双眼，不堵塞耳朵，也不折磨我的身体。

但我走过的每一条路，都是朝圣之路，无论我做过什么事，都是奉献。

这一简单之事是最好的圆满。

简单的做事方式导致崇尚简单的信徒很容易地、自然而然地具有了他们那富有生命力的人的思想。

罗奢博说：

所有的世界出自《吠陀》，所有的创造来自《古兰经》，为什么还要读文献的经文，

啊，罗奢博。

汇集宇宙间的新智慧。永恒的智慧在成千上万人的汇集中闪耀。

一个巴乌尔教友唱道：

简单，它有三千万线绳合为一体而发出声音的交响。

将世上所有的生物囊括于你心中。将自己沉浸在那永恒的音乐里。

文章结束前，让我引用几首巴乌尔教派的歌，或是极乐或其他方面的，还有别的类似相同志趣的歌。

一个叫作甘伽拉姆的纳玛首陀罗唱到：

认识到有限和无限是“一”，
只要你还能呼进呼出空气。
那么，在所有的年代里，你将数那片刻的片刻，
在每一个片刻，你找到了年代。
海洋中的一滴水，一滴水中的海洋。
如果你的努力是自然的，就不会有争执和多虑。
你将体验最珍贵的精美。
如果你频繁地从一条溪流流到另一条溪流，你就会自我蒙蔽，
啊，甘伽拉姆，做简单的人！随后，你将不会有任何怀疑。

巴拉的门徒比舍唱到：

简单的人在我心中的天堂，

哎呀，我不知怎地、何时失去了“他”，

令我至今坐卧不安，不论家内家外？

冥想和数珠，礼拜和苦行，

探寻不断；

除非“简单之人”亲来，

否则一事无成；

因为他绝不放弃努力。

比舍心领神会，

只有按照“他的”简单方法行事，他的门户才洞开。

“听吧，我的兄弟”，昌迪达斯大声宣告：“‘人的真理’是最高真理，没有别的更高明的真理。”

附录二：关于实在实质的注释

（1930 年 7 月 14 日下午，在爱因斯坦（以下简称“爱”）卡布斯的家中，泰戈尔（以下简称“泰”）与爱因斯坦进行了以下对话。）

爱：你认为神性与世界是分离的吗？

泰：不，并不。人的无限人格包容着整个宇宙。世界上没有任何一物不是包含在人的人格中的，这正好给出证明：宇宙的真理即是人的真理。关于这一点，我可以举出一件科学的事实来加以说明——物质是由质子与电子构成的，它们之间虽有间隙，但并不影响物质的完整。同样的，人类由一个一个的个人组成，但是他们每个人身上都具有一种人际关系的相互联系，这种相互联系使人的世界生发出生机勃勃的凝聚力。整个宇宙也以同样的方式与我们相互联系，因此它是一个人的宇宙。这一思想是我本人通过艺术、文学以及人类的宗教意识领会到的。

爱：关于宇宙的本质问题，一般有两种不同的概念：一种认为世界的合一性依赖于人格，另一种认为世界的实体独立于人为因素。

泰：当我们的宇宙与人，即永恒的人，达到和谐时，我们便能认识它的真理，感受它的美的呈现。

爱：这纯粹是人格的宇宙概念。

泰：我想，不可能有其他的宇宙概念。这个世界正是一种人格世界——科学的世界观也不过是科学家的世界观而已。我们不能否认，世界的真理是由理智与享受快乐的某种标准所决定的；同样，永恒的人所体验的标准，也是通过我们亲身体验而得到的。

爱：那么它是对人类本质的实现。

泰：是的，它是一种永恒的本质。我们必须通过我们的情感与活动才能实现这一本质。我们通过自身的有限，反而能够实现突破个人局限的"至高无上的人"。科学所探讨的对象不受限于个人的特性：它属于真理的非人格世界。宗教却实现了这些真理，并使之满足于我们内在的深切需要；我们个人的真理意识便能获得一种普遍性的意义。宗教赋予真理以价值，我们通过自身与它的和谐，便可以领受到真理的善性。

爱：那么，真理，或美，并不独立于人之外了？

泰：真是如此。

爱：倘若世界上不再有人类的话，那么阿波罗望楼便不再显得美丽了。

泰：是的。

爱：没有人类便没有美这一点我很赞成，但若说没有人类便没有真理，我却不敢苟同。

泰：为什么？真理必须通过人才能实现呀。

泰：我无法证明我的看法是正确的，但是它却是我的宗教信仰。

泰：美是“宇宙存在”中的一种完美和谐的理想；真理是“宇宙心灵”的一种领悟。我们个人只有通过自身错误或过失的教训，通过自身经验的累积，通过自身启发的意识，才能认识它——除此之外，我们还能认识真理吗？

爱：我无法用科学来证明真理可以独立于人类之外，但我对此却深信不疑。举例来说，我认为毕达哥拉斯的几何定理阐明了近乎真理的原理，它完全可以独立于人类存在之外。倘若我们说实在可以独立于人之外的话，那么这个实在必有其相关的真理存在。如此说来，倘若实在不能独立于人之外的话，那么与它关联的真理便一同消失了。

泰：与“宇宙存在”合一的真理，在本质上，必须是人格的，否则的话，我们的个人所认识的真理便不配称为真理了——起码被当作科学的，以及仅仅通过逻辑推理出来的，即人的思维器官所求得的真理，也不例外。印度哲学里有一种绝对真理叫梵，它既不能为个人的孤立心灵所感知，亦不能用言语来描述，它只有通过个人将自己完全地融入无限中才能实现。但是，这一真理并不属于科学。我们所讨论的真理，其本质是一种表象——即呈现于人类心灵里的一种真相，因此它必然是人格的，我们可将之称为摩耶，或意象。

爱：照你的这种印度哲学的观念看来，它不是个人的一种意象，而是人类全体的一种意象了。

泰：在科学中，我们经过消除个人偏见限制的训练，从而获得对“宇宙的人”的心灵的真理认识。

爱：问题的源头在于真理是否独立于我们的意识之外。

泰：我们所谓的真理，就是主观实体与客观实体之间的理性和谐，它们两者都属于“至高无上的人”。

爱：即使在我们的日常生活中，我们还是不得已而感到独立于我们所使用东西之外的实在。我们经常这样做，即是为了以理性的方式把我们的感官经验彼此相连。举例来说，即使没有人在房子里，但是桌子仍然存在。

泰：不错，此时桌子虽然不存在于人的心灵里，但它却依然存在于宇宙的心灵里。我所感觉到的桌子，其可觉性正是我拥有的意识。

爱：我们对真理存在独立于人之外的自然观点，虽然无法阐明或证明，但是它却是人人不可或缺的信仰——即使原始人也不例外。我们必须把真理归因于一种超人类的客观性；它对于我们是必不可少的，这一实在完全独立于我们的存在、我们的经验和我们的心灵之外——尽管我们还不能够说它到底意味着什么。

泰：科学已经证明，固体实物的桌子只是一种表象。因此，倘若人类不存在心灵的话，那么我们心灵所感觉的桌子也将消失。与此同时，我们必须承认这一事实：桌子的最终物质实在是一群电子力的分离旋转中心，它同样也属于人类心灵。

对于真理的理解问题，“宇宙的人”的心灵和界定与个人的相同心灵，存在着永远的矛盾。而它们之间的调和过程，也一直是我们的科学和哲学以及伦理学的主要课题。倘若世界上真的有一种真理绝对与我们人类不相干的话，那么它对我们而言，可以说是绝对不存在的。

不难想象，假如一种心灵不能感知空间上的物序，却只能感知时间上的时序，就像听到音乐中的音符一样，那么，对此种心灵而言，实在的概念等同于音乐实在；所以毕达哥拉斯的几何，对它将毫无意义可言。同样，纸的实在也完全不同于文学的实在。对蛀虫所拥有的心灵而言，它只吃纸，文学是绝对不存在的。但是，对人类的心灵而言，文学却比纸张具有更大的真理价值。同样，倘若某种真理跟人类心灵毫无理性或感性联系的话，那么它对我们人类而言，将完全不存在。

爱：这么说来，我的宗教情结比你还浓厚呢。

泰：我的宗教旨在将我的个人存在和谐于“超人格的人”、“宇宙的人的精神”中。这一点我过去曾在题为《人格》的希伯特演讲中明白地阐述过。

附录三：达都和“有形”的奥秘

（摘自克布蒂 · 莫汉 · 森教授发表在《*Visvabharati* 季刊》杂志上的文章）

人类的语言一直都被用来当作这样一种要素，我们通过它们来分析这个有限世界。然而，现在，语言也被用来表达对“无限”世界的感受；因为人的心灵已经发现“物质”墙壁之间的缝隙。我们的智力可以数清玫瑰花的花瓣，分辨它的香气，并描述其颜色，可它的合一性，却在我们沉浸于其中的欢快中找到了自身的表达。

人的智能最多只能提供给我们事物的断续影像。先知者最神奇的幻象，尽管受到科学和形而上学的频繁嘲讽，但它单独就可以向我们显现完成一件事情的真实性。当我们因此而获得合一的幻象时，我们不再凭智能意识到细节、计数、辨别——我们已经把这些因素考虑进精神范畴中，因此我们只需通过达到极度的快乐就能度量到我们对“真实”的认识。

这一不可言说的快乐，其含义到底是什么？对此，根据智能活动我们可以得知，它是存在于我们之外的什么。可任何之物的合一性处于圆满时的幻象，都是对其自身合一的认识，以及自身与幻象二者之间的认识。许多的知识积累或许会让我们感到自豪，可当我们与“一”达成一致时，就会给我们带来回家的亲切感觉。“美”是我们认可这种合一以及与我们自身关联的名称。

正是通过“自然”的美，或“人的性格”的美，或“奉献”，我们才达到我们的那种其实质是极乐的“至高无上的灵魂”的认识。或换句话说，正是当我们在“自然”或“艺术”或“奉献”中意识到“他”时，“美”自然就显示出来了。无论何时我们能够让“自身居住者”喜悦，那么所有的不谐都会消失，并且“爱”和“美”都是与“真实”不可分离的。正是“真实”像亲属一般地亲切到来，我们才充满“极乐”。

这一对“极乐”的认识是真切的、自足的、终极的。当自我体验到自身中的“极乐”时，它感到完全的满足，并且没有什么可以值得从外部世界索取。“极乐”，就我们所知，是一种对“美”的直接的、合成的衡量，既不需要等待，也不需要依赖任何的“过程分析”。进一步而言，在我们的“极乐”中，我们不仅看到“合一”，而且看到欢乐的“源头”，因为“美”把

“他”透露给我们，而“他”带给我们的，只是“反射的光辉”“回响的旋律”；否则，这一切——社会、文明、人类——确实都将毫无意义。人类的进步可能反而以“纵乐”来结束他的动物性激情的满足。

人的认识能力因人而异，却皆受到限制。没有人能够获得直接领会宇宙“合一”的特权。尽管如此，“合一”的部分幻象，比如说在一朵花中或一个朋友身上，都是一种平常的体验；而且，每个人身上都具有这种潜力，且通过刻苦修行，实现其认识能力的扩展乃至最终获得对“至高无上的灵魂”的认识。

与此同时，难道我们就能借此从“灵魂”王国那里获得不可言说的潮涌喜悦，并将我们引领进“无限”世界当中去吗？不是当权者或哲学家们，而是穷人、没受过教育者、受鄙视者。可是凭借什么高级的保证，他们能将我们从智力的荒漠中引进“灵魂”的天堂？

我们的形而上学家，把自己划分为敌对的一元论、二元论或一二元论学派，却共同地抛弃了作为摩耶的世界；可同时，在他们的社会中默默无闻的人群中，却站出来了修鞋匠、织布者和缝袋工，他们共同宣称“这种智力原则什么都不是”；因为形而上学家们未能看见自身中具有的内在幻象，不知道世界充满着怎样的“真实”和“爱”以及“美”和“乐”。

达都、罗维达斯、迦比尔和拿那克，他们都不是苦行者；他们自身并不排斥贫穷，也不摒弃尘世；他们是诗人，他们透过现象世界的帷幕，认识到“合一”的世界，在那里，神自己就是个诗人。这些贤圣之言，不可能经受住逻辑批评的怒视；他们只好像婴儿一样，自言自语地道出他们所见到“他”的幻象的喜悦，以及“他”的音乐所抛给他们的狂喜。

不管怎么说，就是他们这样一群人，而并非那些科学家或哲学家，教会了我们“实在”。一方面，“至高无上的灵魂”是独一无二的；另一方面，我的个人灵魂同样是独一无二的。如果两个灵魂并不相遇，那么，就确实会造成最重大的灾难，完完全全的混沌的空。对于所有“他”的固有的充盈的快乐，神需要我从“他”那里得到快乐；而当我们相遇时，“实在”便处于完美的花季当中。

达都说道：“当我看到这个‘宇宙’之美时，我禁不住如此询问自己：‘哦，神，你是怎样将它创造出来的？是哪儿来的突如其来的一股喜悦，流淌过你的存在，并因此显现于它的表现？难道真的是由于渴望要“自己表达”，或仅仅是情绪的一瞬间冲动？或者也许就是你喜好在“形式剧”中作乐？是这部剧当时让你如此欣喜，或是因为你看到了你自身固有的欣喜成为有形之物？’噢，这些问题怎能用言语回答？”达都喊道，“只有那些知者才会明白。”

“为什么不去他那里，他创造了奇迹，”达都又说道，“我还要问，难道你的启示没有将这神奇的“‘一’演变成‘许多’的形成过程阐述得清清楚楚吗？”当我把创造看作形式之美时，我只看见了“形式”和“美”。当我把创造看作“生命”时，我看到的满眼都是生命。当我把创造看作“梵”时，于是，确确实实地，达都就无话可言了。当我把创造看作相互关联的，它便呈现出令人惊异的多样性。当我在我的灵魂中看见了创造，它的所有多样性合一为“至高无上的灵魂”的美。我的眼也随即成为“梵”眼，并且在这彼此的幻想交换中，达都看见了“真实”。

眼不能看见脸——于是导致镜子功用的出现。也就是说，要么脸与眼相隔一定距离，要么眼从脸部移开——不管使用哪种办法，必须使两者发生关联。镜像不是脸部自身，可不如此怎样才能看到脸呢？

于是，神在“创造”中映射出“他自己”的影像，因为“他”不能把“他自己”置于“他的”自身“无限”之外，他只能映出“他自己”的视像，并且体验到“他自己”的快乐——这都是通过我在“他”以及“他的宇宙”中所得到的快乐而实现的。因此，信徒渴望努力使自己保持完全的纯静状态——并不是由于通过苦行而感到骄傲，而是因为他的灵魂是神在其“自身”中作乐的游戏场。多亏了神的光辉、神的美，才在“宇宙”中发现神的“形”，在信徒中发现神的快乐。“他”总是存在于无限的“空无”中，呈现无形、无色的“存在”。

这就是为什么“神秘”如此深奥，如此难以理解。不管我们说只有“梵”是真实的，还是说只有宇宙是真实的，我们都同样偏离了“真理”。它只能用这个或那个来表达，或者既不能用这个也不能用那个来表达。

达都可能如此暗示他的意思：“非死、非活都是‘他’；‘他’既非走出，也非走入；既非入睡，也非醒着；既非需要，也非满足。‘他’既非我，也非你；既非一，也非二。因为一旦我说‘所有’是‘一’，我即认识到我们属于二者；可当我说‘有二’，我认识到我们是‘一’。所以说，噢，达都，在你深邃的内心中，满足地看着‘他’原本的样子，弃绝无望的猜想和空洞的言语。”

达都又说：“智力的泉眼喷出泉水时，它们完全是言语的洒落；可人的认识成长之处，必有音乐一席之地。当智力承认失败暨言语失声时，事实上，内心深处就会涌出认识的欢乐之歌。言语不能表达清楚的，通过音乐的旋律则能表达清楚；在音乐的乐曲中，你可以在神的“自身”狂欢的幻象中狂欢。

“那就是为什么，”达都喊道，“你的宇宙，你的这个创造，让我如此神迷——你的水域和你的河流，以及这个承载它们的地球，还有它的山峦、它的辽阔海洋、它的冰帽覆盖的极地、它的灼热的阳光，因为通过所有的三个领域——地球、太阳和太空，以及在所有的各式各样的生命中，正是你的管理、你的美，才使我神迷如醉。谁能了解你，噢，‘视而不见者’‘不可接近者’！达都不再有想知道的渴望；他十分满足于沉浸在与你的所有这种美的狂喜之中，并且与你共同喜悦。”

把“形式”看成是“他”的戏剧，并不是看低“形式”。在创造人的感官时，神并没有让感官“忍饥挨饿”。达都这样说道：“所以说，眼能享受颜色的斑斓，耳能辨别音乐的美妙，味觉能区别花香的浓郁，这是多么美妙的设计。”于是我们发现，肉体渴望精神，精神也离不开肉体；花朵需要花香，花香也摆脱不掉花朵；我们的言语是为了表述真理，‘真理’也需要言语的服务；形式是为了理想，理想也需要形式。于是，所有的相互崇拜，仅仅是对绝对不可言说的‘实在’进行崇拜，凭借他的‘呈现’，他们当中的每个人都被荣耀。达都没有奋争，他只是悄然地对爱的洒落敞开他的心扉，并因此欣喜于永恒的春光中。

对每一个有形的容器而言，“无形”充满了“他自身”，而且在它们的美中，“他”反过来得到了它们。伴随着“他的”爱，“激情”遍布于每一个忠诚的心，并且让它舞蹈，于是他们的爱流回到“无色”中去，色彩斑斓地各色生辉。“美的创造”将她的魅力，纯洁无瑕地献给了她的神。她有必要用他们彼此之爱的言语来为自己进行一次进一步的申辩吗？所以，达都将他的心、心灵和魂灵拜倒在他所“热爱”的脚下。“他的”一个关心就是他们不要被玷污。

如果任何人反对短暂的“形式”不足以代表“永恒”，达都宁愿回答说这仅仅是因为“形式”是飞逝的，但是对“他的”礼拜来说，它是助益，而不是阻碍。在返回到它的“源头”的过程中，“形式”捕捉到了我们的心灵，并且自然而然地欣然接受。“美”的召唤告知我们有关“不必思考者”，那是美的所在。在路过我们的时候，“死亡”向我们确保“生命”的真实。

附录四：夜与昼

（拉宾德拉纳特·泰戈尔 1930 年 5 月 25 日（周日）在牛津大学曼彻斯特学院修道院的演讲）

早年，我的父亲艰难地摸索着“真理”之路，而悲痛于祖母去世带来的巨大痛苦，他的世界突然陷于黑暗，生活失去了意义。在这失望的一刻，一页撕下来的手稿，被一阵风吹来，引起他的注意。上面是《伊莎奥义书》中的第一首诗：

Isāvāsyam idam survam
Yat Kincha jagatyām jagat.
Tēna tyaktena bhunjithā
Mā grdhah Kasyasvitdhanam

这段诗可以翻译如下：

“你必须知道，凡在这一运动世界中运动的事物，都在神的覆履之下。因此，去寻找你的摒弃尘世的快乐，不要觊觎他人之物。”

在这里，我们快乐地认识到所有移动和变化的事实，与一个不朽的“真理”有着重大的关联。此时，我们会放弃贪婪的索取，喜悦地把我们的一切奉献给“至高无上的真理”。我们心灵的变化体现在对它的巨大慷慨的表达，而虚荣和空无的感觉在意识到无所不在的“实在”时猝然解脱。

记得有一次在一个陌生之地乘船，我突然发现我们的船行驶到三江汇合处，而此刻天已黄昏，黑夜就要孤寂地降临，让人感到十分不安。一种恐惧感笼罩在乘客身上，压抑的焦虑使我的思想负重一般，使几个小时的黑夜都贯穿着夸张的不理智之感。次日清晨的来临，片刻间，我那郁闷的困扰心情随即烟消云散。一切与原来无异，只不过天空充满了光芒。

夜晚刚刚带来了她的平和，那是黑暗的“最后通牒”的平和，所有的希望停止于“空无”的深渊，可一旦清晨的平和出现，它就如同母亲的微笑，以其安详的宁静说道“我来了”。我认识到了为什么众鸟会在晨时鸣起破晓的歌声，感到它们的歌声是对晨光中“确定无疑”的“是”的愉快应答，而且它们在其中找到了它们自身存在的光明和谐。黑夜驱使我们的存在进入一种无关紧要的隔离，我们之所以感到恐惧，是因为黑夜中我们自我的真实感被压缩到最小。在我们的心中，我们怀有对真实的积极感，能够意识到我们的人格，它会自然地在我们的环境中寻求应答，即在积极的真实中的应答，而在随后的这一和谐中，我们发现了我们的现实财富并且欣然地乐于奉献。人区别于动物就在于这一事实：人不以索取、需求，而是以奉献来表现自己，奉献有创造性的精力来建造他的家园、他的社会、他的文明。这充分证明他的本能认可了积极真实之中的取之不尽的财富，它赋予存在最高的价值。不管我们怎样自私、贪婪和不择手段，我们的良心中总会发现有光谱的不同黑色波段；它们证明造成我们认识“世界是运动的”这一真理破产的裂缝，不在于对茫然天空的否定，而在于对理想精神胸怀的实现。

最经常地，犯罪发生在夜里。这并不是仅仅因为黑夜中犯罪不容易被发现。相反，更深一步的原因是，深夜中对时间的否定感减弱了我们自身人性的积极感。对我们而言，我们的受害者以及我们自己，在黑夜里都显得不太真实；而且在黑夜里我们失去了我们的内在性，所以我们拼命地在我们的身外寻找。在人的世界里，不论在哪里，个体的自我遗忘了它的分离状态，而合在一起的光，是“永恒的是”的光芒的显现，它的声音象征在印度被称为OM，即“奥姆”。随后，人很容易变得善良，不是由于他的恶受到了抑制，而是由于他在自身现实中的积极背景下感到了他的快乐，因为他的心灵不再处于否定的混乱世界之夜的昏昧状态当中。

人们在自己国家的思想中会找到这一范例，并向他表明积极的真实：这一思想没有邪恶的黑暗否定——它滋生怀疑，夸大恐惧，催生不可控制的贪婪；因为他的国家是一个不容置疑的“实在”，并使他的灵魂感到愉悦。在如此强烈的实在意识中，我们意识到我们的更大的自我将延伸过我们的物质生命和目前的现在以外，并提供给我们慷慨的机会来享受摆脱尘世的快乐。

在我们文明的开篇章节中，出于机缘巧合，一些人群自然地聚集并居住在某个地理范围之内。然而，一个单纯的、没有相互联系内在意义的人群是消极的，它因此很容易产生伤害性的结果。作为构成人群成分的个人，倘若没有邻区的人群，他便在独处中仅仅代表他自己，很容易怀疑他人；一旦第一眼看到他的同类，因其缺乏内在的控制力，便怀有痛恨或伤害对方之心。这种野性的心态出自于精神黑夜中消极的精神苍白。可当相互认可的早晨破晓而出、相互合作生活的早晨来临之时，神的奥秘，即合一的创造精神，以一种更大的命名为“人”的真实，赋予人群意义。这些人群欣然地让自己接受了这种他们作为真正的人的认识，这一更大的整体人群繁衍了一代又一代，有意识或无意识地建造自己的完美未来。他们根据彼此建立相互关系的合一性程度实现了和平，并且在这一范围内发现一种崇高的真理——它遍布运动的时间、变化的事物、生长的生命以及流向前方的思想中。他们与周围的物质自然和谐一体于它的山川河流中、它的一切形式和颜色的富于节奏的舞蹈中、它的蓝色天空和玉米嫩芽的柔软绿色中。

逐渐地，人意识到人类存在的微妙复杂让他们在相互依赖的和谐中找到了完美，不再通过相互动用人群武力地运用拳头解决问题，不再傲慢地宣称自己独立于那些只属于贫瘠的岩石和遍布死亡苍白的沙漠。

猖獗的个人主义反对真正的人性——即精神上的——它属于动物生命中的原始贫穷，将精神限制于狭隘，将意识限制于约束。

在过去或多或少已经实现了人的"最高真理"的民族或国家，其受限的地理范围如今已被冲破。科学使国家的地理概念更加近便。但是，科学没有带来光芒，照亮人们的理解力。相反，科学的实用主义一面，在某些国家反而阻碍了进步知识的发展。

我并没有愚蠢到把科学谴责为唯物主义。没有"真实"是唯物主义的。科学意味着在我们的知识和如何处理与自然世界的关系中进行智力的探求，如此的责任具有一种精神特质，鼓励奉献和殉道。然而，在科学中，经常运用的“诚实是最好的策略”的“半真理”，就演变成为完全的“真理”，而且我们在科学领域中所表现出的心灵诚实一直都给我们的生存带来最大的益处。伤害正悄悄地走进“实用”的后门，诱惑着人心中的原始本能，唤醒他们的邪恶情绪。正因为如此，更大的民族间相互融合的更大意义变得模糊了。当我的大脑看见这一情形时，我想起三条大河汇合处那令人心颤的宽广，以及我还完全没有做好迎接宇宙威胁的准备。笼罩在聚集人群之上的不友好的夜晚在黑夜中沉思，那是“非实在”的夜晚。原始的毫无约束的怀疑和相互妒忌的野性，仍然充斥于我们今天的周围环境——民族的激进个人主义的野性，毫无怜悯的贪婪，毫无羞耻的野蛮夸耀。

那些从宇宙黑夜中走出、其目的只是为劫掠的人们，有着下流无耻的厚颜，竟然说什么此状态是人的永恒状态，道德理想仅仅是个人的而并非属于保留原始动物习性的民族。

然而，我们看到，通过运用大量的物质力量，人认为他们的梦想没有限制，而且当人企望要访问邻近的行星也不会受到嘲笑；难道他必须声称人性已经抵达道德可能的极限来侮辱他的人性吗？我们必须全力以赴地工作，为达到看起来不可能实现的目标而努力；我们必须坚信，只有相信完美才能为完美铺出一条道路——这一令我们惊讶的外在的“合一”事实，一定在永恒的合一真理中得到升华，并且照亮“永恒的人的真理”。

民族分离，并非只由于民族间的妒忌，而且也由于他们的“业”，他们的过去以及死者“所欠”的不利条件。他们很难意识到，他们曾经在过去狭隘受限中快乐地培养出的心态，不能在广阔的未来继续下去，他们永不厌倦地念叨着他们的轻蔑之语，说什么战争是永恒的，物质力量有着必需的道德“食人”权；在此，肉体是脆弱的。曾经做错的事，就像患有周期性的危险疾病，正寻求其永存来证明它的合理，并且嘲弄、嘲笑终止其疾病的最低要求的提议。过去常常出现的恶魔以及贪恋生命的死者，今天依然萦绕着彼此疏离的国家，而在黑夜里聚集的人群，不能看清彼此的脸和身体特征。

很不幸地，我们印度并没有机会来最大程度地表达我们的想法，与强大的国家建立亲密的关系，这些强国正准备走向毁掉巨大资源的、迫在眉睫但虚张声势的竞争。一些伟大的声音正等待着被人倾听，它将在神圣真理之光的引领下走过政治噩梦的黑暗时光；另外的声音将声称“神存在于万有中”，劝勉我们不要起觊觎之心，在摒弃私欲中给予我们精神的财富和真理的力量，率领我们从力量的幻觉中走出，进入到完美的圆满之中，走进 *Sāntam* 境界——永远平和，走进 *Advaitam* 境界——在各种不同的心中呈现出无限的"一"。我们印度还没有这个机会，但我们有我们自己的人的声音，这是真理所需要的声音。真理的使者们已经跨过数个世纪、跨过海洋、跨过历史的障碍将双手握紧；他们会帮助从"无明"中提升伟大的人类兄弟的大陆。可是，对我们个人来说，不管我们的力量有多小，不管我们属于这个世界的哪一个角落，都会要求我们进一步意识到理解所有人性的光芒。为了这一目的，我请求你们予以合作，不是因为合作本身能给予我们工作中的力量，而是因为合作是我们表现真理的最好一面；它是目的，不是手段。

让我们永远保持这一信仰，坚信我们合一精神理想的客观性源头，尽管它不可能被任何的数学逻辑所证明。让我们宣称：在我们的行为中，它已经赋予我们认识它的可能，就像一首歌曲必须得被理解并演唱多次、清晨必须得通过打开窗户或门户来迎接一样。

"千禧年"思想在我们的古代传奇中已有记录。本能，它置放于摇篮并得以滋养，具有深奥的含义。就像一只小鸡的本能，它朦朦胧胧地懂得无限世界已经赋予它自由，这比它直接生活在鸡卵中的狭隘事实可真实得多了。一个不可知论的小鸡，有着理性的权利来怀疑，可几乎在同时，它迫不及待地开始啄它的卵壳。人的灵魂，尽管受限于自身的界限，但同样有“千禧年”的梦想，试图获得似乎不大可能实现的精神解放，对某些始终存在的“神启”源头表达出自己的崇敬。这样，所有它对真、善、美的体验，都找到了它的实在。

因此《奥义书》如是说：“你必须知道，凡在这一运动世界中运动的事物，都在神的覆履之下。因此，去寻找你的摒弃尘世的快乐，不要觊觎他人之物。”

Ya ēkō varnō bahudhā saktiyogāt
Varnān anēkān nihitārthō dadhāti.
Vichaiti chāntē visvamādau sa dēvah
Sa nō buddhyā subhayā samyunaktu.

“他”是“一”，是施与所有人和所有时间之必需；“他”存在于一切事物的起始和终点；他可能与我们在“真”、平常的同胞之谊和公正结为一体。

The Religion of Man

Rabindranath Tagore

图书在版编目（CIP）数据

人格 /（印）拉宾德拉纳特·泰戈尔著 ；蒋立珠译
. -- 北京 ：北京时代华文书局，2018.1
ISBN 978-7-5699-2113-7

Ⅰ. ①人… Ⅱ. ①拉… ②蒋… Ⅲ. ①散文集－印度
－现代 Ⅳ. ①I351.65

中国版本图书馆 CIP 数据核字（2018）第 001762 号

诺奖得主人文译丛：

人　格

REN GE

著　　者｜［印］拉宾德拉纳特·泰戈尔
译　　者｜蒋立珠

出 版 人｜王训海
丛书策划｜邵鹏军
责任编辑｜周连杰
特约编辑｜廖　丹
装帧设计｜格林文化
责任印制｜刘　银

出版发行｜北京时代华文书局 http://www.bjsdsj.com.cn
北京市东城区安定门外大街 136 号皇城国际大厦 A 座 8 楼
邮编：100011　电话：010－64267955　64267677
印　　刷｜三河市祥达印刷包装有限公司　0316-3656589
（如发现印装质量问题，请与印刷厂联系调换）
开　　本｜880mm×1230mm　1/32　印　张｜7.5　字　数｜137 千字
版　　次｜2018 年 7 月第 1 版　印　次｜2018 年 7 月第 1 次印刷
书　　号｜ISBN 978-7-5699-2113-7
定　　价｜36.00 元